# 요즘 소설이 궁금한 그대에게

**이경재** 비평에세이

『요즘 소설이 궁금한 그대에게』에 수록된 서른여섯 편의 비평에세이는 『숭대시보』에 2023년 여름부터 2025년 초까지 연재된 글들입니다. 『숭대시보』는 1919년에 창간되어 100년이 넘는 역사를 자랑하는 고색창연한 숭실대 학보입니다. 〈소설의 숲을 걷다〉라는 고정 코너를 맡아 학보에 글을 연재한 지 어언 4년이 다 되어 가지만, 처음이나 지금이나 글을 쓰는 일은 늘 손에 땀이 날 정도로 긴장되고 어려운 일입니다. 그럼에도 해가 뜨고, 달이 지듯이 변함없이 읽고 쓰는 이유는, 이 일을 통해서만 얻을 수 있는 무언가가 있기 때문인데요. 이번에 서른여섯 편의 글을 쓰면서 제가 얻은 가장 큰 선물은 '동시대에 대한 감각'과 '자유에 대한 실감'이라는 말로 정리할 수 있을 거 같습니다.

이제 막 글자가 찍힌 따끈따끈한 소설을 대할 때면, 제가 가장 먼저 느끼는 것은 제가 살아가는 시대에 대한 직접적인 감각입니다. 그것은 도스토예프스키의 소설에서도 카프카의 소설에서도 맛볼 수 없는 오직 '요즘 소설'에서만 얻을 수 있는 것인데요. '요즘 소설'에는 같은 시대를 살아가는 사람만이 읽을 수 있고 공감할 수 있는 이야기가 있습니다. 그것을 통해 저는 막연하게만 여겨지는 동시대를 호흡하며 주변 사람들과 공감할 수 있었는데요. 그렇기에 백면서생인 제가 시대에 참여하는 가장 뜨거운 현장은 어쩌면 소설을 읽고 쓰는 조그마한 골방인지도 모르겠습니다. 물론 고전에는 세월을 뛰어넘는 불변의 진리나 울림이 있지만, 동시대에 대한 감각과 성찰은 세계적 명작도 결코 흉내낼 수 없는 '요즘 소설'만이 지닌 지고의 가치입니다.

밤하늘의 별처럼 쏟아져 나오는 소설이 저에게 주는 또 하나의 선물은 '자유에 대한 실감'입니다. 삼척동자도 알다시피 소설은, 형식은 물론이고 내용에 있어서도 무한 자유의 영역입니다. 소설에는 시를 집어넣을 수도 있고, 원수같은 등장인물들의 논쟁을 포함시킬 수도 있으며, 때로는 논문의 일부를 집어넣을 수도 있습니다. 무엇이든지 실험해볼 수 있는 것이 바로 소설이라는 예술 장르인 것입니다. 동시에 소설에는 어떠한 이야기도 등장할 수 있습니다. 현실에 있는 이야기는 물론이고 공상에서만 가능한 이야기도 얼마든지 다루어질 수 있는 것입니다. 이런 자유를 통해 현실에서라면 손가락질 받을 악당마저도 화려한 조명의 한복판에 설 수 있는 것이 바로 소설이라는 세계입니다. 이러한 자유의 실감을 통해서만 우리는 조금 더 깊어지고 넓어질 수 있는 것이 아닐까요. 그렇기에 한 줄도 안 되는 도그마에 바탕해 특정한 소설만을 주장(강요)하는 것은 소설을 향한 근본적인 적대 행위인지도 모르겠습니다.

한 계절에만도 수백 편씩 발표되는 소설 중에서 대상이 되는 작품을 선정하는 일은 역시나 어려운 일이었는데요. 이때도 역시나 중요한 기준이 된 것은 시대와 자유라는 두 가지 가치였습니다. 지금 이 시대에 얼마나 절실한 이야기들인지, 그리고 얼마나 자유를 실감케 하는 새로운 이야기인지를 기준으로 작품들을 신중하게 고르고 또 골랐습니다. 『요즘 소설이 궁금한 그대에게』에서 언급된 작품들은 '동시대에 대한 감각'과 '자유에 대한 실감'을 독자에게 주기에 모자람이 없다고 감히 자부하고 싶습니다. 서른다섯 편의 글은 작품론의 성격을 지니고 있지만, 한 편의 글만 한강의 노벨상 수상에 대한 단상을 적어 봤습니다. 이번 한강의 노벨상 수상이란 어찌 보면 그 자체가 하나의 예술적 창조에 해당하는 대사건이라는 생각이 들기도 합니다.

정신없이 바쁜 학기 중에 매주 연재를 하는 일이 결코 쉬운 일은 아니었지만, '요즘 소설'을 읽고 쓰며 제가 받은 선물들을 생각하면, 그러한 고생은 차라리 달콤한 여행과 같은 것이었는지도 모르겠습니다. 무엇보다도 '요즘 소설'을 읽으며 동시대 한국 작가들에게서 말할 수 없는 위로와 격려를 받고는 했습니다. 몇몇 소설들은 메시지 자체가 직접적으로 큰 위로와 격려의 손길을 건네주고는 했지만, 대부분의 소설은 위로나 격려와는 무관한 내용의 작품들이었습니다. 그럼에도 이들 소설에서 위로와 격려를 받을 수 있었던 것은, 작가들이 독자들을 향해 무언가를 전달하고자 하는 그 필사의 행위에 담긴 진정성 때문이었다는 생각이 듭니다. 그렇기에 메시지는 언제나 부차적이며, 진정으로 중요한 것은 예술가의 타협하지 않는 예술혼 그 자체일 것입니다. 이 책 역시 또 다른 독자들을 만나 제가 받은 위로와 격려를 되돌려줄 수 있다면, 더 이상 바랄 것이 없습니다.

『요즘 소설이 궁금한 그대에게』를 책으로 만드는 과정에서 출판사 득수가 기울인 정성과 노력은 따로 언급하지 않을 수 없습니다. 사실 이번 책에 수록된 사진을 위해 적지 않은 공력을 기울였습니다. 연재라는 형식의 한계상 원고지 13매 정도로 하나의 작품을 논할 수밖에 없었는데요. 그 짧은 분량에 다 담을 수 없는, 나아가 언어로는 근본적으로 표현 불가능한 작품의 느낌이나 정념을 사진이라는 이미지에 담아보고 싶었던 것입니다. 그렇기에 저의 마음을 담은 사진 한 장을 얻기 위해, 조금 과장하자면 지구 한 바퀴를 돌았다고 해도 과언이 아닐 정도입니다. 하지만 역시나 어설픈 아마추어이기에 이 사진들이 과연 책에 수록될만한 것인지는 자신 할 수 없습니다. 그럼에도 이 사진들을 제 글과 함께 묶어 이토록 아름다운 책으로 만들어주신 도서출판 득수와 김강 작가님의 고마움은 오랫동안 잊지 않겠습니다.

2025년 봄을 기다리며
이경재

# 목차

# 목차

# 요즘 소설이

# 소설이

**이경재** 비평에세이

# 궁금한

# 그대에게

# 60년을 써도 끝낼 수 없는 이야기

2023년 7월 27일은 6·25가 멈춘 지 70년이 되는 날이었습니다. 수백만의 사상자가 발생한 6·25만큼 우리 민족에게 큰 상처를 준 사건도 드물 텐데요. 상처와 고통에 누구보다 민감한 작가들답게, 지난 세기 한국 작가들이 가장 많이 다룬 제재는 바로 한국전쟁과 분단이었습니다. 그중에서도 전상국처럼 6·25 전쟁을 지속적으로 파고든 작가는 드뭅니다. 10대 초반의 예민한 나이에 경험한 6·25는 전상국에게 무엇과도 비교할 수 없는 강렬한 원체험이었던 것으로 보입니다. 그렇기에 등단 60주년을 맞아 펴낸 작품집 『굿』에서도 전상국은 여전히 6·25의 핏빛 상처에 대한 이야기를 멈추지 않고 있네요.

전상국의 「굿」(『굿』, 문학과지성사, 2023)은 굿이라는 전통적인 의식을 전면에 내세운 작품입니다. 모두가 알다시피 굿은 억울하게 죽은 망자의 한을 풀어줌으로써, 산 자들의 안녕을 기원하는 의식이지요. 67년 전 죽은 최용호 행세를 하는, 최용호의 아들 최준성이 부귀리에 나타나면서 작품은 시작됩니다. 최용호는 한국전쟁 당시 '부귀리 인민위원회 위원장'으로 활동하다 부귀리가 수복된 후에 마을 사람들의 쇠스랑에 찔려 죽은 인물입니다. 일종의 영매인 최준성은 최준성인 동시에 최용호이기도 해서, 최준성(최용호)은 "최용호 아들이 아닌, 최용호 그 사람으로 살아"온 것으로 그려지는군요.

전상국의 다른 작품에서와 마찬가지로 「굿」에서도 6·25의 상처는 현재진행형입니다. 이 작품의 초점 화자인 나정기는 교장으로 정년을 마친 이후에 고향 마을에 살고 있는데요, 끈질기게 따라붙는 기억으로 인해 악몽에 시달리며 불면의 밤을 지새우고 있습니다. 그 기억의 핵심에는 "정대수 어머니의 산발한 머리칼"과 "구덩이 속에 묻히는 인민군"이 존재합니다. 어린 나정기는 휴가 나온 일등병 정대수가 자기 집에 있다는 것을 무심코 최용호에게 말하고, 결국 정대수는 손이 뒤로 묶인 채 내무서원들에게 끌려가 비참하게 죽임을 당합니다. 이 일로 정대수의 어머니는 미쳐서 용소에 빠져 죽었네요.

특히 어른들한테 끌려가 죽은 어린 인민군은 나정기의 악몽에 자주 등장하는데요, 어린 정기는 왜갈봉에서 어린 인민군을 만나고, 그 인민군 이야기를 어른들에게 하는 바람에 그 인민군은 가막골에 끌려가 산 채로 매장당했던 것입니다. 굴속에 숨어 있던 어린 인민군은 이념과는 거리가 먼 패잔병으로서, "울 할머이가 나 죽으면 안 된다고 했어야."라며 징징 우는 어린애일 뿐이었습니다.

「굿」의 클라이맥스는 은장골 밀례에서 벌이는 굿판입니다. 최준성(최용호)은 둔짓골 골싸기에 파묻힌 최용호와 자작고개에서 수습한 일등병 정대수의 유해를 은장골에 모시며 굿판을 벌입니다. 이 굿판에는 면 농협장에 새마을 지도자며 부귀리 반곡리 수하리 마을 이장들, 각 종교의 성직자들과 부귀리 일대 주민들까지 모두 모입니다. 또한 살아 있을 때의 이념을 초월하여 망자인 최용호와 정대수가 한데 어우러지는군요. 그야말로 산 자들은 물론이고 죽은 자들도 어울리는 대동大同의 의식인 것인데요. 이 굿판을 보며 나정기와 어린 시절을 함께 보낸 종구는 "토, 통일이 된 거 가터. 인제 난니 안나. 아이고 됴타."라고 말하며, 작품은 끝이 납니다.

과연 그토록 오래 지속된 전쟁의 고통은 어떻게 끝날 수 있었던 것일까요? 그 해답은 모든 분별과 시비를 초월한 화해의 논리에 있습니다. 애당초 최용호(최준성)는 분별하며 복수하려는 마음을 가지고 있지 않았습니다. 최용호(최준성)는 자신을 죽인 것이 "한청 사람들의 주동"으로 이루어진 것이라는 점을 알면서도, "그걸 어쩝니까. 죽이지 않으면 내가 죽는 게 난리인데 어쩌겠습니까. 다 피해자라 그겁니다."라고 말하는 통 큰 인물이었네요. 최준성(최용호) 역시 "우리 아버지 억울하게 죽었다. 그 생각만은 안 하기로 작심하고 살았다"고 밝히는데요. 그렇게 생각한 이유는 억울하다고 생각한 사람들이 번갈아 가며 세상을 뒤집으면, "다 죽어요. 죽으면 민족이고 나라고, 그거 다 소용없"기 때문입니다. 이러한 무조건적인 해한解恨의 현장에 피해(자)나 가해(자)에 대한 분별이 존재할 자리는 없습니다. 그것은 최준성(최용호)의 "우리 모두가 피해자인 동시에 가해자라는 생각으로 살 때만이 희망이 있다 그겁니다."라는 말에도 잘 드러나 있습니다.

잘잘못을 따지는 분별의 논리가 '피로 피를 씻는 것'처럼 악무한惡無限의 굴레에 빠질 수도 있다는 것은 너무도 분명합니다. 그런데 평화와 미래를 위한 무조건적인 화해와 용서만이 존재하는 이 대동의 굿판에는 하나의 균열이 선명하게 아로새겨져 있네요. 이 균열은 상여 뒤를 따르는 다섯 개의 만장에서 발견되는데요. 다섯 개의 만장 중 하나에는 "오호통재라, 대한민국 국군 일등병 정대수"라고 쓰여 있는 것과 달리, 다른 만장에는 "살아왔다. 〈전〉부귀리 인민위원화 위원장 최용호"라고 검은 줄이 그어져 있는 것입니다. 본래는 최용호의 만장에도 검은 줄이 그어져 있지 않았지만, 마을 이장단이 문제를 제기해 그 현장에서 검은 매직펜으로 줄을 그었던 것입니다. 이 '검은 줄'은 정전 70주년을 맞이한 오늘까지도 여전히 작동하는 '분별의 애도'를 선명하게 보여주는 흔적은 아닐까요? 그렇다면 전상국의 「굿」은 무조건적인 화해와 용서가 아닌, '(무)분별의 애도'라는 아포리아를 보여주는 작품은 아닌지 모르겠습니다. 아마도 「굿」에 아로새겨진 이 '(무)분별의 애도'라는 아포리아야말로, 1940년생 전상국이 지금도 한국전쟁에 대한 소설을 쓸 수밖에 없는 이유일 겁니다. (2023)

# 갇힌 사슴벌레의 슬픈 이야기

권여선의 「사슴벌레식 문답」(『각각의 계절』, 문학동네, 2023)은 '든'이라는 한 글자만으로도 소설이 될 수 있다는 것을 보여주는 작품입니다. 「사슴벌레식 문답」에는 30년을 격한 두 가지 시간층이 존재합니다. 30년 전, 서술자인 준희를 포함한 부영, 경애, 정원은 세상에 둘도 없는 단짝 친구들이었습니다. 대학교 신입생 시절, 같은 하숙집에서 생활한 넷은 늘 함께 어울렸는데요. 안타깝게도 30년이 지난 지금, 넷은 말 그대로 남이 되어 버렸습니다. 정원은 20년 전 자살로 이승을 떠났으며, 경애와 부영은 원수보다도 못한 사이가 되었고, 준희도 경애나 부영과 만나지도 못하니까요. 준희가 정원의 20주기 추모식을 준비하며 만든 단체 대화방이 "방치"와 "무시"로 썰렁한 것은 이들의 현재 모습을 대변하는군요.

이들의 달라진 모습은 제목이기도 한 '사슴벌레식 문답'의 변화를 통해 압축적으로 드러납니다. '사슴벌레식 문답'은 30년 전 넷이 강촌에서 보냈던 1박 2일의 여행에서 탄생한 대화법인데요. 숙소에서 커다란 사슴벌레를 발견한 정원이 주인에게 "사슴벌레가 어디로 들어오는 거예요?"라고 묻자, 주인은 태연하게 "어디로든 들어와."라고 말했던 것입니다. 주인의 대답을 들은 넷은, 정원과 주인이 나눈 대화에서 힌트를 얻어 끝없는 말장난을 이어 갑니다. 누군가가 "인간은 무엇으로 사는가?"라고 물으면 누군가는 "인간은 무엇으로든 살아."라고 대답하고, 누군가가 "너는 어떤 소설을 쓸 거야?"라고 물으면 누군가는 "나는 어떤 소설이든 쓸 거야."라고 대답하는 식입니다. 이러한 대화법을 일컬어 '사슴벌레식 문답'이라 불렀던 것이며, '사슴벌레식 문답'의 핵심은 가장 중요한 단어 뒤에 보조사인 '든'을 붙이는 것입니다. 20대의 젊었던 시절, 이들 네 명에게 '사슴벌레식 문답'은 다가올 삶의 어떠한 어려움도 다 막아낼 수 있다는 "의젓한 방어의 멘트"로 활용되었네요.

그러나 30년은 결코 짧은 시간일 수는 없었던 모양입니다. 그 사이 정원은 뚜렷한 이유도 알리지 않은 채 세상을 등졌으며, 경애는 시국 사건에서 거짓 진술을 함으로써 지인들을 팽개쳐두고 자신만 빠져나왔던 것입니다. 이 일로 부영의 남편인 두진은 부당한 옥살이를 했고, 부영은 극복할 수 없는 상처를 지니고 살아가게 되었네요.

30년이 지난 지금 준희는 '사슴벌레식 문답'에서 이전에는 읽어내지 못한 "무서운 뉘앙스"를 새롭게 찾아냅니다. 그 뉘앙스는 "어떻게 네 추모 모임에도 안 오니?"라고 물으면 "어떻게든 내 추모 모임에도 안 와."라고 대답하고, "우리는 어떻게 이렇게 됐을까?"라고 물으면 "우리는 어떻게든 이렇게 됐어."라고 대답하는 식의 문답으로 표현할 수 있는 성질의 것입니다. 여기에는 "아무리 가슴 아픈 필연이라 할지라도 가차없이 직면하고 수용하게 만드는 잔인한 간명"이 쐐기처럼 박혀 있습니다. 이런 의미의 '사슴벌레식 문답'을 부영과 경애가 한다면, 아마도 "야, 너 나한테, 두진 씨한테 미안하지도 않냐."라고 묻는 부영에게, 경애가 "부영아, 나 너한테든 두진 씨한테든 미안하지가 않아."라고 대답하는 식으로 나타나겠죠.

　여기까지만으로도 「사슴벌레식 문답」은 시간의 파괴력을 새로운 방식으로 표현한 소설로 모자람이 없어 보입니다. 그런데 권여선은 작가의 존재론을 묻는 단계로까지 더 나아갑니다. 그것은 세 번째 '사슴벌레식 문답'을 통해서인데요. 그것은 "너 어떻게 이러냐? 니가 어떻게 이래?"라고 물었을 때, "나 어떻게든 이래. 내가 어떻게든 이래. 이렇게 되었는데 어떻게 이렇게 되었는지 도무지 알 수가 없어."라고 대답하는 것을 통해 드러납니다. 이 세 번째 '사슴벌레식 문답'에는 준희가 느끼는 삶의 "불가해한 구멍"에 대한 회한과 무력감이 진하게 배어 있네요.

　삶의 '불가해한 구멍'이 만들어낸 상실감에서 벗어나지 못하는 준희는, 여전히 정원을 위한 추모식을 준비하고, 술에 만취해 맞춤법도 다 틀린 카톡을 부영에게 보내고는 합니다. 여러분은 혹시 이 대목에서 준희와 작가 권여선이 겹쳐 보이지는 않나요. 누구나 알다시피, 권여선이 즐겨 그려온 인물들은 기억의 수인囚人들인 경우가 대부분이었습니다. 그중에서도 80년대에 갇혀 있는 세대들의 이야기야말로 권여선이 한국 문단에 선보인 득의의 영역일텐데요. 어쩌면 등단작인 「푸르른 틈새」(1996)부터 지금까지 줄곧 80년대 학번 대학생과 그들의 후일담을 그려온 83학번 권여선이야말로 기억의 수인인지도 모릅니다.

　우리는 현재를 살기 위해 손쉽게 과거를 잊고는 합니다. 그러나 권여선은 결코 과거를 잊지 않은(못한) 채, 아롱진 눈망울로 그 과거를 오랫동안 바라보고 있습니다. 그것은 '사슴벌레식 문답'으로 표현하자면, "어디로 들어와 이렇게 갇혔어?"라는 물음에 대해 "어디로든 들어와 이렇게 갇혔어. 어디로든 나갈 수가 없어. 어디로든……"이라고 대답하는 식으로 표현될 수 있겠죠. 어쩌면 이처럼 기억 속에 갇힌 사슴벌레를 일컬어 우리는 '소설가'라 부르는지도 모르며, 이런 맥락에서라면 권여선이야말로 우리 시대의 진짜 소설가입니다. (2023)

# '요카타'라는 아이러니

여기 '요카타'라는 별명으로 불리는 100세의 할머니가 있습니다. 미역을 찢고 다듬어 식당에 넘겨 살아가는 할머니에게는 서연화라는 이름이 있는데요, 그럼에도 불구하고, 할머니가 요카타라고 불리는 이유는 "입버릇처럼 말끝마다 '요카타(よかった)'라는 말을 덧붙이기 때문"입니다. よかった(요카타)는 '다행이다'라는 말로 번역될 수 있는 일본어 단어로서, '어떤 일이 잘 풀려 안심이 될 때' 사용하곤 하지요. 그러나 실제 할머니의 삶은 '요카타'와는 거리가 멀어도 한참 머네요. 이 할머니는 지금 가진 것이 아무것도 없습니다. 돈이나 명예나 권력 같은 것은 물론이고, 보통 사람들이 중히 여기는 남편도 자식도 형제자매도 그 어떤 것도 없습니다. 나중에 밝혀지겠지만 할머니는 이름과 나이마저도 자기 것이 아닙니다.

정선임의 「요카타」(『에픽』, 2022년 1·2·3월)는 어느 날 라디오 프로그램의 담당 작가가 할머니를 찾으며, 본격적인 이야기가 시작됩니다. 라디오 작가는 3·1운동 백 주년과 여성의 날을 맞아 인터뷰 대상으로 할머니를 선택한 겁니다. 작가가 보낸 질문지에서 이 할머니는 "역사적인 날 만세 소리와 함께 태어난 여성으로서 굴곡의 현대사를 몸소 겪어낸 분"으로 규정됩니다. 동시에 라디오 작가는 "백 년을 살아온 평범한 여성, 할머니의 목소리"를 전하고 싶다는 요구를 하는데요. 안타깝게도 '굴곡의 현대사를 몸소 겪어낸 분'으로서, 그 백 년의 삶을 '평범한 여성의 목소리'로 전달하라는 라디오 작가의 요구는 실현 불가능합니다.

'굴곡의 현대사를 몸소 겪어낸 분'이라는 규정에 이 할머니의 삶은 그대로 부합합니다. 그러나 문맹이자 가난한 할머니가 자신의 삶을 '평범한 여성의 목소리'로 전달하는 것이 과연 가능할까요? 일테면, 일본군들이 동네 소녀들을 잡아가던 시기에 막 초경을 끝낸 열여섯의 자신을 아버지가 염전의 주인인 후지타의 방에 들여보낸 이야기를 방송에서 하는 것이 가능할까요?

또한 첫 번째 남편인 후지타의 모습도 한국 사회에서 받아들여지는 식민지 시기 일본인의 모습과는 많이 다릅니다. 후지타는 이미 그 옛날에 할머니에게 점심을 먹은 뒤 원두커피를 내려주고는 했으며, 할머니에게 하이쿠를 들려주기도 했던 일본 남성이니까요. 할머니가 입버릇처럼 외는 '요카타'라는 말에도 후지타의 흔적이 어른거리네요. 오히려 인간의 부정성과 비정함을 드러내는 것은 아버지나 두 번째 남편 같은 한국 남성들입니다.

아버지가 사라지고 혼자가 되었을 때, 이 할머니는 오히려 "해방감"을 느끼기까지 합니다. 사실 이 할머니는 주민등록상으로는 백 살이지만, 실제로는 아흔여섯 살입니다. 태어날 때부터 네 살이었던 것인데, 아버지는 단지 귀찮다는 이유만으로 죽은 딸의 나이와 이름을 할머니에게 물려줬던 것입니다. 남들이 예쁘다고 늘 부러워한 '서연화'라는 이름도 '죽은 언니'의 이름일 뿐, 그녀는 평생 무명無名의 존재였을 뿐이네요.

그렇기에 할머니는 라디오 인터뷰에서 미역을 다듬듯, 자신의 삶에서 "불편한 부분을 걷어내고 보기 좋은 부분만" 들려주기로 했다가, 결국에는 자신의 이야기 대신 "그동안 라디오에서 들은 남의 인생들을 주워섬"기는 것으로 인터뷰를 마칩니다. 할머니에게 "방송에서 원하는 평범한 여성의 삶은 무엇일까"를 고민하게 만든 라디오 인터뷰는, 자연스럽게 가야트리 스피박(Gayatri C. Spivak, 1972~)의 "서발턴(subaltern, 하층민)은 말할 수 있는가?"라는 명제를 떠올리게 합니다. 100여 년의 세월을 무명無名이자 문맹으로 살아온 할머니는 아예 존재 자체가 지워진 비체卑體,(abject)인 것이며, 이러한 할머니가 자신의 목소리(존재)를 이 사회에 울려 퍼지게 하는 방법은 처음부터 부재했던 것이니까요. 비체이자 서발턴으로 침묵만이 강요된 채, 그저 생존해 왔을 뿐인 할머니에게 과연 이 세상은 무엇이었을까요? 아니 그 이전에 할머니는 어떻게 100여 년의 세월을 견뎌낼 수 있었던 것일까요?

그 비결은 바로 '요카타'라는 말에 있습니다. 할머니는 "내 의지와 상관없이 흘러가는 하루 하루를 요카타, 라는 말로 체념하고 요카타, 라는 말로 달래왔"던 것입니다. 이것은 세상의 악마성 앞에 한껏 움츠러든 연약한 생명이 자신을 지키기 위해 궁리한 최소한의 방편은 아니었을까요? 이와 관련해 할머니가 가장 좋아하는 일이 '눈을 감는 것'이라는 사실도 의미심장하게 다가옵니다. 할머니는 '눈 감는 일'을 얼마나 좋아했는지, "깨어 있어도 눈을 감을 수 있는 곳"이라는 이유만으로 성당 가기를 즐겨할 정도였습니다. 할머니에게 '눈을 감는 행위'는 이 세상에 없는 무언가를 꿈꾸는 일은 아니었을까요? 그것은 감히 저항시인 이육사가 절망의 극한에서 눈을 감아 '강철로 된 무지개'(「절정」, 1940)라는 민족사적 비전을 보았던 것에 비견될만한 것은 아닐까요? 할머니는 눈을 감음으로써만, "이름도 없어요. 태어나자마자 죽었거든요."라고 표현될 수 있는 '진짜 자신'을 보았던 것입니다. 그러나 할머니는 100여 년의 시간을 살아냈고, 그녀의 앞에는 무한에 가까운 바다가 펼쳐져 있습니다. 그렇기에 할머니가 습관처럼 내뱉는 '요카타'라는 말은 하나의 아이러니로서 우리에게 남겨진 것이라 그렇게 믿고(우기고) 싶습니다. (2023)

# 학폭에 맞서는 애도의 방식

세 살배기도 알다시피, 학교는 본래 '진리를 배우고 인간성을 기르는 곳'입니다. 그러나 지금 한국의 학교는 안타깝게도 온갖 갈등이 넘치는 곳이 되어 버렸네요. 아수라장이 되어 버린 학교에서는 존경받아야 할 선생님들이 괴롭힘에 시달리다 목숨을 끊고, 평생의 길동무가 되어야 할 학우들이 서로를 향해 폭력을 행사하는 일들이 끊이지 않고 있습니다. 소위 말하는 '쎈' 소재로 독자의 이목을 끌어온 안보윤이 이번에는 학폭(학교폭력)을 소재로 해서 한 편의 작품을 창조해 냈습니다. 그러나 이번에 다루려고 하는 「애도의 방식」(『문학동네』, 2022년 겨울호)은 학폭이라는 소재 자체에 주목했다기보다는, 학폭을 경유하여 우리 안에 존재하는 이분법적 사고의 폭력성에 주목한 작품입니다.

늘상 맞고 때리는 일을 반복하는 중학생 승규와 동주가 있습니다. 너무나 안타깝게도 동주는 화장실에서, 강당에서, 급식실에서, 소각장에서,

학교의 그 어느 곳에서든 승규에게 폭행을 당하고는 하네요. 그러던 어느 날 공사가 중단된 폐건물에서 승규가 떨어져 죽는 일이 벌어집니다.

단순한 '사고'일 수 있었던 승규의 추락사는, 그동안 승규가 학폭의 가해자였다는 사실 때문에 '사건'으로 변합니다. 이 일을 받아들이는 사회의 태도는 누가 피해자이고 누가 가해자인지만을 가르는 것입니다. 평소에 동주는 늘상 피해자였지만, 그러했기에 승규의 죽음에 있어서만은 가해자가 아닐까 하는 의심을 불러옵니다. 사건의 현장에서 동주가 가해자이고 승규가 피해자일지도 모르는 가능성을 가장 강력하게 주장하는 이는 승규의 엄마입니다. 그녀는 사고가 일어난 날로부터 동주가 사회인이 될 때까지 줄기차게 동주를 찾아옵니다. 그녀의 요구는 단 하나, 그날의 "진실"을 말해달라는 것뿐인데요, 그녀가 원하는 '진실'은 사건의 현장에서 자신의 아들인 승규가 피해자였다는 사실입니다. 이를 통해 죽음의 순간에서만은 자신의 아들인 승규가 악인이 아니었음을 인정받고 싶은 것이겠지요.

승규의 엄마와는 반대로 동주의 엄마는 추락사의 현장에서 동주가 결코 가해자가 아니었음을 증명하려고 애씁니다. 그렇기에 평소 동주가 승규로부터 학폭을 당해왔다는 사실마저 부인합니다. 가해자로 오인되지 않기 위해서 피해자였다는 사실을 부인해야 하는 상황인 거죠. 두 아이의 엄마가 아닌 주변 사람들도 '가해자/피해자'라는 이분법에 바탕해 승규의 추락사를 받아들일 뿐입니다. 누군가는 동주를 향해, "정말 쟤가 그런 거 아냐?"라고 의심하고, 다른 누군가는 "너네, 진짜 불쌍한 애한테 그러는 거 아니다."라고 말하는 식입니다.

그러나 추락사의 진실은 '가해자/피해자'라는 이분법과는 거리가 멉니다. 그날도 승규는 동주에게 주먹을 휘둘렀고, 이 순간 동주는 평소와는 달리 몸을 숙였을 뿐입니다. 그 순간 중심을 잃은 승규는 바닥으로 떨어져 죽은 것입니다. 어쨌든 승규가 죽었다는 점에서 동주는 가해자일 수도 있지만, 살인의 고의가 없었으며 폭력을 당하는 중이었다는 점에서 동주는 피해자이기도 합니다. 사람들이 생각하듯, 그 추락사의 현장에서 가해자나 피해자는 존재하지 않았던 것입니다.

　여기서 주목할 것은 사람들이 집착하는 이분법적 구도와 승규가 오랜 시간 동주를 괴롭혀온 방식이 참으로 닮았다는 점입니다. 승규는 올림픽 기념주화를 공중에 던진 후에는, 동주에게 동전의 앞면이 나왔는지 뒷면이 나왔는지를 맞추라고 강요하고는 했습니다. 그러나 동주는 결코 승규의 질문에 정답을 내놓을 수가 없었는데요, 동전의 앞면과 뒷면은 승규의 말에 따라 수시로 바뀌었기 때문입니다. '앞면과 뒷면'이라는 두 가지 선택지밖에 없는 이분법에서 동주가 승규의 폭력으로부터 벗어날 길은 처음부터 존재하지 않았던 것입니다.

　그렇기에 승규가 죽은 이후에도, '가해자/피해자'라는 '이분법'을 강요한 사람들은 동주에게 또 다른 '학폭'을 가했는지도 모릅니다. 동주는 승규의 학폭이 아닌 이 세상의 '학폭'에 대해서만은 과감한 복수의 길을 선택합니다. 그것은 이분법의 폭력적 게임에 결코 참여하지 않는 방식으로 나타나는데요. 아무리 승규의 엄마가 끈질기게 찾아와 그날의 '진실'을 물어도, 동주는 끝끝내 침묵을 지키는 것입니다. 그것은 죽은 아들을 어떻게든 피해자로 만들어 상징적 구원이라도 해주려 했던 시도를 포기하도록 하는 일이며, 동시에 승규의 엄마에게 손쉬운 애도를 선사하지 않는 일입니다.

　동주는 자신에게도 결코 피해자라는 자격을 주어 편안한 애도의 방식을 허락하지는 않습니다. 그는 자신을 둘러싼 온갖 소란이 가득한 성동을 결코 떠나지 않으니까요. 동주는 자신이 가해자는 아니지만 가해자일지도 모르는, 피해자는 아니지만 피해자일 수도 있는 그날의 현장에 대한 책임을 우울의 방식으로 끝까지 감당할 뿐입니다. 이것은 일종의 사고실험에 가까운 극단의 윤리처럼 보이기도 하지만, 오늘날 우리 현실을 둘러싼 극한의 갈등을 생각한다면 고개가 끄덕여지는 대목이기도 합니다. 마지막으로 우리의 아이들이 성장하는 학교가 부디 '진리를 배우고 인간성을 기르는 곳'이기를 바래봅니다. (2023)

# 곰팡이와 사이좋게 지내며, 다시 시작하기

한때 소설을 평가할 때면, 전망(perspective)이라는 말을 중요시하던 시절이 있었습니다. 이때 전망이란 현실이 어떤 방향으로 전개되어 나갈 것인가 하는 것에 대한 가시적인 방향을 가리키는 말이지요. 소설이 단순히 인정세태를 묘사하는 것에 그치지 않고, 한 사회의 나아갈 방향까지 제시해주어야 한다는 것인데요. 이번에 소개하려고 하는 이은정의 「다시는 싸우지 않겠다는 말」(『비대칭 인간』, 득수, 2023)은 이러한 전망과는 거리가 멀어도 한참 멀어 보이는 작품입니다.

시간제 알바생으로 지내는 '나'는 고향을 떠나 서울의 작은 원룸 '해피하우스'에서 살아갑니다. 생존 자체가 삶의 가장 중요한 목표이자 유일한 목표인 '내가 관심을 가지는 단 한 가지가 있습니다. 그것은 바로 벽의 곰팡이를 제거하는 일인데요. 생선 다루는 일을 하던 부모님에게 나던 비린내를 피해 서울까지 온 '나'는, 곰팡이의 악취에서만큼은 벗어나고 싶은 것입니다. 카드값도 제때 못 내는 '나'는 벽지까지 바꾸어가며 필사적으로 곰팡이를 제거하고자 하는데요. 이 과정에서 '나'는 곰팡이가 벽의 결로結露에서 비롯된 것임을 인지합니다.

다행히 '나'는 지금 사는 원룸의 계약이 만료됨과 동시에 조금은 살기 편한 원룸 '행복빌'로 이사를 가게 됩니다. 그런데 문제가 발생하는군요. 짐을 다 빼고 집주인에게 전화를 하자, 집주인이 온갖 지청구를 퍼붓는 것입니다. 지청구의 내용은 집을 엉망으로 사용했다는 것인데요. 거기에는 "벽에 곰팡이까지 만들어 놨어."라는 것까지 포함되어 있네요. 다른 건 몰라도 '나'는 곰팡이의 악취가 싫어 벽지까지 바꾸었는데도 말이죠. 결국 집주인은 자신이 새로 벽지를 교체했다며, '나'에게 13만 원을 입금해야만 보증금을 돌려주겠다고 으름장을 놓습니다.

이런 억울한 상황에서 '내'가 의지할 수 있는 것이라곤 인터넷 검색뿐이네요. 인터넷에는 대부분 포기하라는 조언들이 가득하지만, 그중에는 "결로가 문제라는 증거가 있으면 승산 있다"는 내용의 글도 있습니다. 이전에 벽지를 바꾸며 결로 현상을 확인한 바 있던 '나'는 결로가 생긴 외벽의 사진을 확보하기 위해 '해피 하우스'로 향합니다. 사실 '나'는 보증금을 받아야지만, 새집에 잔금을 치를 수 있는 처지이기도 했던 겁니다. 좌충우돌한 결과 '나'는 벽의 결로 현상을 사진으로 찍는데 성공하고, 그것을 집주인에게 보냅니다. 그러나 몇 분 후 집주인은 "곰팡이가 결로 문제라는 전문가의 소견을 받아오라"는 문자메시지를 보내는군요.

다시 유일한 의지처인 인터넷을 검색해 보지만, '나'는 곧 절망에 빠집니다. 간단히 결로 체크만 하는데도 인건비가 무려 13만 원이나 들었던 것인데요. 이런 상황에서 '나'는 "이 나라가 이 모양 이 꼴이 되어가는 이유가 스스로 피해자를 자처하고 권리를 포기하는 사람들 때문이 아니겠는가. 내가 지금 포기하면 또 다른 세입자들이 피해를 볼지도 모른다."라는 대의명분을 떠올리며, 정의를 향해 직진합니다. 결국 '나'는 16만 원을 써가며 전문가의 소견서까지 받아내는데요.

당당히 소견서를 들고, "짓밟힌 자존심에 정중한 사과를 받으리라 다짐"하며 주인을 찾아갔을 때, '나'는 어처구니없게도 살인 용의자로 경찰에 체포되어 버립니다. 때마침 '해피 하우스'에서는 301호 사람이 살해되는 일이 발생하고, 곰팡이 문제로 그 집을 드나들던 '나'는 살인 용의자로 몰린 것인데요. 경찰서에 온 주인은 '나'에게 불리한 증언만 잔뜩 늘어놓습니다. 다행히도 그 다음 날 진범이 잡힘으로써, '나'는 풀려나고 그제서야 주인은 보증금을 입금해 주는군요. 정의를 위한 노력으로 '나'는 주인에게 13만 원을 입금하지 않아도 되었지만, 바로 그 정의를 위한 노력으로 '나'는 16만 원과 살인범 누명까지 뒤집어쓰게 된 것입니다.

이러한 일을 겪으며 '나'는 "애초 집주인 여자의 요구대로 13만 원을 주고 공손한 을의 태도를 보이는 게 옳았을까."라고 자책하며, 전문가로부터 받은 결로 관련 소견서를 찢어버립니다. 그리고는 엄마와 통화하며 자신이 다시는 "벽"과 싸우지 않을 것을 다짐합니다. 만약 이사한 집에서 곰팡이를 발견했을 때는, 그냥 곰팡이와 잘 지내겠다는 결심까지 하는군요. 어딘가에 돈을 입금해야 하는 을들은 "깨끗한 벽을 가질 수도, 이길 수도 없다는 걸 깨달"은 결과겠지요. 이 사회의 을인 '나'는 어린 시절 '생선내'에서 벗어날 수 없었듯이, 성장한 후에는 결코 '곰팡내'에서 벗어날 수 없는 운명이었던 것입니다.

　이 지지리 궁상의 풍경에는 어떠한 전망(희망)도 없습니다. 오히려 정의감에 불타던 청년은 자신이 마주한 "벽"에 좌절하여, 그대로 순종하는 모습을 보여주고 맙니다. 처음에 말한 전망이라는 측면에서, 이 소설은 그 어떤 것도 제시하지 못하는군요. 그러나 '내'가 우여곡절 끝에 도달한 이 절망의 자리는 참으로 투명하여 담담하기까지 합니다. 어쩌면 이은정은 때문은 희망보다는 투명한 절망으로부터 다시 시작해보자고, 가만히 우리의 어깨를 두드리는 건지도 모르겠다는 생각이 듭니다. (2023)

# 내가 한숨을 쉬면 그건 사랑한다는 뜻이야!

최근 정신과가 호황이라고 합니다. 코로나 시기를 거치며, 여러 가지 문제로 힘들어 하는 사람들이 부쩍 늘었다고 하는데요. 그중에서도 많은 사람들이 호소하는 주된 증상은 우울과 불안이라고 합니다. 우울은 마음이 '지나간 과거'에 머물러서, 불안은 마음이 '다가올 미래'에 머물러서 생긴다고 하는데요. 사실 인간에게 확실한 과거와 미래란 '태어났다는 사실'과 '죽는다는 사실' 뿐인지도 모릅니다. 그럼에도 우리는 '출생 이후의 죽음', '성장 이후의 노화', '발생 이후의 소멸'을 의식하지 못한 채 살아가며, 그렇기에 수많은 일들을 저지르고는 합니다. 동서양의 현자들이 한결같이 'Memento mori(죽음을 기억하라)'를 강조한 것도, 죽음을 잊고 사는 사람들의 본성을 일깨우기 위해서인지도 모르겠습니다.

최진영의 「홈 스위트 홈」(『2023 이상문학상 작품집』, 문학사상, 2023)은 인간에게 주어진 확실한 미래인 죽음을 정면에서 다룬 소설입니다. 이 작품의 기본 서사는 암 진단을 받은 40대의 '나'가 자신에게 다가올 죽음과 대면하는 과정인데요. 「홈 스위트 홈」에서 흥미를 유발하는 요소는 죽음을 받아들이는 과정이 '스위트 홈'을 만드는 과정과 병행한다는 점입니다. 일러스트 프리랜서로 활동하던 '나'는 죽음을 앞두고 시골의 폐가를 사들여 그 집을 꾸미는 일에 골몰하는군요. 죽음이라는 어두운 이미지와 '스위트 홈(sweet home)'의 단란한 이미지가 겹치고 어긋나며 작품의 긴장과 의미가 발생합니다. 제목에 '홈(home)'이라는 단어가 두 번이나 반복되는 것은, 주인공이 집에 대해 가지는 열망을 대변하는 것처럼 보입니다.

'스위트 홈'에 집착하는 이유는 '내'가 스무 집 가까이 이사를 하며 살아온 것과도 무관해 보이지 않네요. '나'는 어른이 된 이후 "서울에서 김포로, 김포에서 수원으로, 수원에서 평택으로", "열 평 남짓한 하나의 방, 싱크대를 머리맡이나 발밑에 두고 냉장고 소리를 듣다가 잠들" 수 있는 그런 곳에서만 살아왔습니다. 삼십 대 중반에 어진과 만나 동거를 할 때는, 이웃의 소리를 고스란히 들으며 조심조심 살아야만 했던 기억도 있습니다.

처음 암 진단을 받았을 때, '나'는 "수술하고 치료만 잘 받으면 금방 나을 거"라고 믿었네요. 이때는 "완치를 제외한 모든 경우는 실패"라고 여겼으며, "죽음은 비극"일 뿐이었습니다. 그러나 수술과 항암 치료 후 일 년도 지나지 않아 재발하고, 다시 2차 재발이 이어지자 '나'는 "한발 뒤에도, 한발 앞에도" 죽음이란 검은 구멍이 버티고 있음을 깨닫습니다. 이때부터 '나'는 죽음을 밀어내기보다는 죽음을 품어 안으며, 삶의 마지막을 살아가고자 합니다. 그러한 삶의 방식으로 선택한 것이 '스위트 홈'을 만드는 것이네요. '스위트 홈'을 꾸미는 일은 "3차 재발한다면 화학적 치료는 하지 않겠다"는 결심과 이어지는 것이기도 합니다. '내'가 만들어 나가는 집은 "아직 젊은 사람이 대체 어떻게 살았으면 그런 병에 걸리냐"와 같은 사람들의 입방아로부터 벗어난 곳이라는 의미도 지니고 있습니다.

'나'는 죽음이라는 절대의 숙명 앞에서 "나의 미래를, 나의 하루하루를" 선택하고 싶었으며, "살고 싶다는 생각이 아닌 살아 있다는 감각"에 충실하고 싶어 합니다. '나'는 "살 수 있다는 생각만 하다가 죽고 싶지 않"으며, 죽음을 앞둔 지금도 "더 행복해질 수는 있"다고 믿는 것입니다. 지상에 "영혼만 남기고 갈 생각이 없"다고 말하는 '나'에게 이 집은 결코 무덤일 수는 없습니다. 이 집은 어디까지나 삶의 마지막을 단란하고 달콤하게 만들어줄 '스위트 홈'일 뿐이니까요.

동시에 이 '스위트 홈'은 '내'가 세상 사람들에게 남기는 마지막 선물이기도 합니다. '내'가 떠난 후, 거기에 살 누군가에게는 그 집이 아름다운 추억의 공간이 될 수도 있으니까요. '나'는 엄마에게 "엄마, 잘 기억해. 나는 꼭 작별 인사를 남길 거야. 마지막으로 내가 한숨을 쉬면 그건 사랑한다는 뜻이야. 비명을 지르면 그건 사랑한다는 뜻이야. 간신히 내뱉는 그어떤 단어든 사랑한다는 뜻일 거야."라는 말을 유언처럼 남깁니다. '내'가 이 세상에 남기고 싶었던 유일한 말은 바로 '사랑'이었던 것입니다. 이러한 사랑으로 '나'는 "폭우의 빗방울 하나. 폭설의 눈 한 송이. 해변의 모래알 하나."에까지 관심을 기울이며, 그 하나하나에 담긴 "존재"의 무게까지 감각하는 사람으로서 삶의 마지막을 맞이하게 됩니다. 만약 당신에게 최진영의 「홈 스위트 홈」이 감동적으로 다가온다면, 아마도 그건 우리 모두가 죽어가는 존재이기 때문일 겁니다. (2023)

# 루카치와 함께 한국 소설 읽기

2023년 10월 24일과 25일에는 헝가리의 명문 외트뵈시로란드대학(ELTE)에서 국제 학술회의가 열렸습니다. 그 회의에 참석했던 저는 남는 시간을 이용해, 부다페스트 교외에 위치한 루카치 죄르지(Lukács György, 1885-1971)의 묘소를 참배했는데요. 그는 설명이 필요 없는 헝가리 출신의 철학자이자 비평가이며 정치인이기도 합니다. 저에게 루카치는 그 무엇보다도 『소설의 이론(Die Theorie Des Romans)』(1916)의 저자로 각인되어 있는데요. 어린 저에게 이 책은, 소설이 인류사의 진행과 함께 나아가며, 때로는 그 방향까지도 제시할 수 있는 예술장르임을 알려주는 복음처럼 다가왔습니다. 가을 단풍이 막 들기 시작한 동유럽풍의 루카치 묘소를 찾는 일은, 어쩌면 문학에 대한 막연한 동경만으로 청춘의 열병을 앓던 스무 살 시절의 저를 만나는 일이었는지도 모르겠습니다.

주지하다시피 최근 한국 소설은 루카치가 『소설의 이론』에서 말한 시대와의 상동성을 본질로 하는 소설과는 거리가 있었던 것도 사실입니다. 이에 대한 성찰에서 비롯된 것일까요? 최근에는 '월급사실주의'라는 동인이 탄생해 문단에 충격을 주고 있는데요. 이 모임의 대표격인 소설가 장강명은 '월급사실주의'를 "평범한 사람들이 먹고사는 문제를 사실적으로 그리는 한국 소설이 드물다. 우리 시대 노동 현장을 담은 작품이 더 나와야 한다."는 문제의식을 공유한 작가들의 모임이라고 설명합니다. 얼마 전에는 '월급사실주의'가 첫 번째 작품집 『귀하의 노고에 감사드립니다』(문학동네, 2023)를 내놓았는데요. 여기 수록된 열 한편의 소설은, 삼각김밥 공장노동자, 학습지 교사, 군무원, 중소기업 직원, 현장소장, 여행사 직원, 기자, 세입자, 배달 라이더, 한국어교사, 통번역가, 기간제교사 등을 주인공으로 하여 생생한 노동 현장을 그려낸 것들입니다.

그중에서 주원규의 「카스트 에이지」는 꿈과 희망으로 가득해야 마땅한 스무 살 청춘의 암울한 삶을 그려낸 작품입니다. 주인공 태양은 이름과는 달리 어두컴컴한 지하철 2호선에서 잠을 자며, 배달과 택배 상하차 일을 합니다. "최소 만 원 이상 깨지는 찜질방을 선택"할 여유도 없기에, 지하철을 침소로 결정한 것인데요. 이 작품에서 태양은 '노동 기계'가 될 것을 강요받습니다. 배달 라이더로 한 푼이라도 더 벌기 위해서는 '중첩'과 '신호위반'은 다반사로 해야 하며, 택배 상하차 일을 할 때면, "어느 순간, 내가 박스의 일부가 되어 선별 적재장으로 빨려들어가는 컨베이어 벨트로 내동댕이쳐지는 기분"이 들기도 하는 것입니다. 기계로 비유되는 노동자의 소외는 자본주의 사회의 고질적인 병폐로 오래전부터 이야기된 현상이기도 하지요.

「카스트 에이지」의 새로움은 '노동 기계'와는 다른 또 다른 성격의 '기계 되기'가 태양에게 강요된다는 점입니다. 태양은 '노동 기계'가 되는 것이 두려워 멘토의 유튜브를 눈이 시뻘게지도록 듣고는 하는데요. 멘토가 늘 하는 말은, "세상의 모든 자본주의는 착취라는 이상을 소유한 자가 발동하는 계획에 의해 기계적으로 움직이기 마련"이며, "그 흐름에 편입하지 않으면 희망은 없다"는 것입니다. 그렇기에 멘토는 끊임없이 제3시장 주식, 공매도, 부동산 경매, 신흥 코인 투자법 등을 유튜브에서 강의(강요)합니다. 태양은 '노동 기계'에서 벗어나기 위해 멘토의 가르침을 따르고자 하며, 결국 코인 투자를 하거나 제3금융권에서 투자금을 빌리다가 빚을 지기도 합니다. 2023년을 살아가는 한국의 스무 살 청년 이태양은 '노동 기계'와 더불어 '투자(투기) 기계' 되기를 강요받는 것입니다.

태양이 '노동 기계'로부터 벗어나기 위해 선택한 것은 멘토의 유튜브를 보는 것과 더불어 여자친구의 집을 찾아가는 것입니다. 멘토로부터는 '미래라는 희망'을 선물 받을 수 있고, 여자친구에게서는 '인간의 온기'를 선물 받을 수 있기 때문이겠죠. 그리고 이 둘을 통해서만 '노동 기계'에서 벗어날 수 있으며, 미래와 인간을 감각할 수 있는 것입니다. 그런데 여자친구 역시 각종 명목으로 태양에게 돈을 요구합니다. 그렇기에 태양은 '노동 기계'가 되지 않기 위해서는 '투자 기계'가 되어야만 하고, '투자 기계'가 되기 위해선 다시 '노동 기계'가 될 수밖에 없는 무한 반복의 악순환에서 벗어나지 못합니다. 이러한 태양의 상황은 제목에 사용된 '카스트(caste)'라는 단어가 결코 과하지 않음을 보여줍니다.

카스트(caste)는 인류가 고안해 낸 가장 끔찍한 신분 제도로서, 인도에서는 무려 4000여 년의 역사를 자랑하며 지금도 위세를 떨치고 있지요. 주원규는 바야흐로 한국 사회의 계급 문제가 카스트와 같은 신분 문제로 형질 변경되는 중이라고 생각하는 것 같습니다. 일찍이 루카치는 소설이 형이상학적 지향은 물론이고 모든 가치가 사라진 역사적 상황에서, 진정한 가치와 총체성을 추구하려는 인간 존재의 동경을 형상화한 근대의 서사시라고 규정했습니다. 「카스트 에이지」에는 계급 문제가 신분 문제로 변모하는 역사적 상황이 강렬하게 형상화되어 있지만, 가치와 총체성을 향한 무한한 동경으로서의 자의식은 부족합니다. 이러한 '루카치적 요소'의 충족과 결핍을 통해 오늘의 한국 소설은 새로운 출발을 시작하는 거라고 그렇게 믿고 싶습니다. (2023)

# 프라하에서 그레고르 잠자를 생각하는 밤

부다페스트의 외트뵈시로란드대학(ELTE)에서 국제 학술회의를 마친 연구자 일행은 10월 27일에 체코의 프라하로 학술 탐방을 떠났습니다. 삼척동자도 알다시피, 프란츠 카프카(Franz Kafka, 1883–1924)는 프라하에서 나고 살다가 죽은 세계적인 작가입니다. 2023년 가을의 프라하는 카프카로 인해 환하게 빛나고 있었는데요. 공식적으로 프라하시에서 카프카를 기리는 장소만 무려 33개에 이를 정도였습니다. 거기에는 프라하의 아버지가 운영하던 옷가게도 있었고, 카프카가 14년이나 근무하던 보헤미아 왕국 노동자 상해보험 협회 건물도 있었으며, 카프카가 많은 작품을 집필했던 황금소로의 오래된 건물도 있었습니다.

카프카의 모든 작품이 명작이라 해도 과언은 아니지만, 그중에서도 기억에 가장 선명하게 남아 있는 것은 "어느 날 아침 악몽으로 뒤척이다 잠에서 깨어난 잠자는 침대에 누운 자신이 흉측한 벌레로 변했다는 사실을 깨달았다"라는 문장으로 시작하는 「변신Die Verwandlung」(1916)입니다. 회사원인 그레고르 잠자는 매일 같이 출장을 가는 고역과 지속적이지 못한 대인관계 등으로 괴로워하며, 자신의 생활을 "악마가 가져갔으면!"이라고 말할 정도로 저주합니다. 그럼에도 그는 가족들 생각에 직장을 그만두지 못하는 생활을 이어가는데요. 아이러니하게도 그레고르 잠자는 벌레가 되었기에 처음으로 '악마에게 쥐버리고 싶은 직장생활'로부터 벗어나는 여유를 누립니다. 그날만은 회사에 가지 않아도 되었으며, 그날 밤에는 "푹 잠을 잤으니"라고 표현될 정도로 꿀잠에 빠지기도 하는 겁니다. 통념과는 달리 벌레가 된 잠자는 불안과 혼란보다는 편안함과 안도감을 더욱 진하게 느끼는 것처럼 보일 정도인데요. 안타깝게도 사회적 효용을 잃은 그레고르 잠자는 가족으로부터도 외면 받다가, 결국 쓸쓸한 죽음을 맞이하게 됩니다.

그레고르 잠자는 '악마에게 쥐버리고 싶은' 고달픈 생활을 하고 있기에, 어쩌면 '벌레 잠자'는 '실제 잠자'에 해당하는지도 모르겠습니다. 카프카가 프라하에서 '벌레가 된 회사원'을 그린 「변신」을 창작한 때로부터 100여 년이 지난 지금, 한국의 작가 구병모는 「있을 법한 모든 것」(『굿닛』1호, 2022년 12월)에서 아예 얼굴이 사라져버린, 그리하여 "있지만 없는 존재"인 비대면 노동자를 다루고 있습니다. 작가인 C는 로맨스 콘텐츠 집필을 청탁받고는, 창작의 영감을 얻고자 자신의 꿈을 되새겨봅니다. 그 꿈은 호텔에 머무는 남성이 자신의 룸을 청소해주는 키퍼와 얼굴 한번 마주치지 않은 채 메모만을 주고받으며 감정의 드라마를 이어간다는 내용이네요.

「있을 법한 모든 것」에는 호텔 청소 노동자 이외에도 중지와 검지만 내

보이며 매점 부스에서 일하는 판매원, 집주인이 부재할 때만 일하는 가사도우미 등의 비대면 노동자들이 등장합니다. 비대면 노동자들은 "자기 자신을 지우도록 요구받는 이들"로서, "누구나 그들이 보이지만 안 보이는 척하며, 그들은 거울에 튄 한 점의 물때나 타일에 떨어진 한 올의 머리카락과 다르지 않은 범주로 취급"되고는 합니다. 그렇다고 비대면 노동을 꼭 부정적으로만 바라볼 필요는 없습니다. 사소한 관계에서도 늘 갑이 되어 행세하기 좋아하는 사람들이 많은 세상에서, 비대면 노동은 무례한 자들의 "선 넘는 관심이나 무례한 참견"으로부터 자신을 지킬 수 있는 노동의 형태이기도 하기 때문입니다. 「있을 법한 모든 것」에도 사소한 불만 때문에 매점 부스 안에서 일하는 판매원을 향해, "나 봐. 똑바로 여기 구멍 앞에 딱! 나 보고 얘기하라고"라며 큰소리치는 주정뱅이가 작품의 한복판에 떡하니 버티고 있네요.

그러나 작가 구병모는 아무래도 '얼굴'을 통한 교류가 지닌 인간적 삶의 가능성을 포기하고 싶지는 않은 것 같습니다. 처음 C는 면접 때만 얼굴을 보았던 가사도우미와 메모나 선물을 주고받으며 다정한 인간의 온

기를 나누지만, 안타깝게도 그 온정의 시간은 오래 지속되지 못하는군요. C는 우연히 보게 된 CCTV에서, 자신이 아는 가사도우미와는 다른 인물이 자신의 집에서 일하는 것을 발견하고 깜짝 놀랍니다. 그날 밤 "이를 갈면서 잠자리에 든" C는 자신이 맞닥뜨린 현실과는 다른 꿈을 꿉니다. 메모를 통해서 감정의 교류만 나누던 호텔 투숙객인 남자와 키퍼가 드디어 만나는 것입니다. 그러고는 "얼굴을 확인하고 나자 그는 비로소 타인에 대해 응답을 하고 타인으로 인해 상처받을 용의도 있는 마음의 준비가 되었음"을 깨닫습니다.

이처럼 진정한 이해와 관계는 타인의 '얼굴'을 바라보는 순간 시작되었던 것입니다. 프랑스의 철학자 에마뉘엘 레비나스(Emmanuel Levinas, 1906~1995)는 타인의 '얼굴'이야말로 존재의 고유성(존엄성)을 담보하며, 그것을 바라보는 자들에게 무언의 말을 건넨다고 했습니다. 어쩌면 인간은 '벌레'를 넘어 키오스크(kiosk, 공공장소에 설치된 무인 정보 단말기)가 되어 가고 있지만, 그런 시대일수록 우리에게 더욱 절실하게 필요한 것은 타인의 '얼굴'인지도 모르겠다는 생각이 듭니다. (2023)

# 프로이트의 소파에 누워 떠올린 미래의 가족

만약 오스트리아 빈에 가게 된다면, 가장 먼저 프로이트 박물관에 가보 겠다고 늘 생각하고는 했습니다. 한때 오스트리아-헝가리 제국의 수도 였던 빈의 베르가세 19번지의 2층에 위치한 프로이트 박물관은, 프로이트 (Sigmund Freud, 1856-1939)가 나치의 탄압을 피해 1938년 런던으로 이주 할 때까지, 무려 40여 년 동안 환자들을 돌보던 사무실이자 집으로 사용 했던 곳입니다. 『꿈의 해석』(1899)과 같은 명저가 이곳에서 쓰인 것은 물론 이고, 수많은 내담자들이 자신의 심연과도 같은 내면을 임상의 프로이트 에게 고백했던 곳이기도 한데요. 프로이트 말년의 동영상까지 갖춰져 있 을 정도로 세심하게 복원된 이 박물관에는, 그 유명한 '프로이트의 소파 (내담자를 위한 장의자)'가 방문객들을 따뜻하게 맞이하고 있었습니다.

부다페스트에서 국제 학술회의를 마치고, 우리 연구진이 빈을 방문한 날은 마침 10월 26일이었습니다. 이날은 1938년 독일에 강제 합병된 오스트리아가 제2차 세계 대전 뒤 독립을 하게 된 국경일이었는데요. 혹시 문을 닫지는 않았을까 마음을 졸이기도 했지만, 다행히 박물관은 문을 활짝 열어놓고 있었습니다. 공휴일임에도 무척이나 많은 사람들로 북적이는 박물관을 거닐며, 예술만 영원한 것이 아니라 때로는 학문도 영원할 수 있다는 생각이 들었는데요.

지금 이 세상에서 프로이트가 창시한 정신분석학으로부터 빚을 지지 않은 예술가나 학자는 찾아보기 어려울 겁니다. 그가 발견한 '무의식'의 세계는 인류의 인간 이해를 그 근본에서부터 바꿔 놓았으니까요. 이토록 위대한 프로이트는 인간의 근본적 심리 문제들이 가족 관계로부터 비롯된다고 보았습니다. 인간 정신의 본질이라 할 수 있는 무의식은, 우리가 가족 안에서 자신의 위치를 인지하고 그러한 자기규정에 반응하는 방식에 따라 탄생한다는 것입니다. 이러한 견해는 수많은 이들에게 빛과도 같은 비전을 선사했지만, 동시에 들뢰즈나 가타리 같은 철학자들로부터는 모든 심리적 문제를 가족 관계로 환원하는 비정치적인 주장이라는 비난을 받기도 했습니다.

그랬던 것인데, 근미래를 배경으로 하여, '지금-여기' 한국 사회의 민감한 문제들을 다루는데 도통한 소설가 김강이 「우리 아빠」(『끌어안는 소설』, 창비, 2023)라는 소설을 통해, 가족 관계와는 무관한 '우리 아빠', '우리 엄마', '우리 아들'을 그려 보이고 있습니다. 이 작품은 '우리 가족' 사업을 주요한 배경으로 삼고 있는데요. 그 사업의 내용은 '생산 인구의 감소, 노인 인구의 증가, 출생률 저하'로 고민하던 정부가 국가의 명운을 걸고 신생아 출생률(생산률)을 높이는 것입니다. 간단히 말해 이것은 건강한 남자들과 여자들의 정자와 난자를 구매하여 아이를 낳는 사업입니다. 이 사업에 관여하는 남자들은 '우리 아빠'가, 여자들은 '우리 엄마'가, 태어난 아이는 '우리 아이'가 되는 건데요. '우리 아이'들은 부모가 누군지도 모른 채, 국가의 손에 의해 무럭무럭 성장합니다. 2031년 처음으로 '우리 아이'가 탄생하였고, 소설의 현재 시점인 2051년에는 성인이 된 '우리 아이'가 사회에 진출하고 있습니다.

주인공인 종대는 무려 17년째 '우리 아빠'로서 생활해 왔지만, 아쉽게도 그 안정된 일도 나이 제한(만 40세 이하)에 걸려 그만두어야 할 처지네요. 작가는 '우리 아빠'의 원년 멤버로서 혁혁한 공을 세운 한철이 형과 종대의 대화를 통해 '우리 가족' 사업이 지닌 문제들과 '우리 아빠'로서의 내밀한 고민 등을 잔잔하게 펼쳐 놓습니다. 잔뜩 술에 취해, 고함도 지르고 싸움도 벌이는 한철과 종대는, 아마도 프로이트가 인간 존재의 중핵이라 부른 무의식을 지닌 인간들임에 분명해 보입니다.

그런데 김강은 '프로이트주의자'라는 생각이 듭니다. 프로이트는 인간 정신의 본질인 무의식은 유년 시절의 가족 관계로부터 탄생한다고 했는데요. '우리 아이'들에게는 곡절 많은 심리적 드라마를 써 나갈 가족 관계가 원천적으로 배제되어 있습니다. 그래서일까요? 이 작품의 초점 화자인 종대는 물론이고, '우리 아빠'에서 은퇴한 이후에는 '자기 아이'를 갖겠다는 야망을 불태우는 한철이 형의 내면도 훤히 드러나는 것과 달리, '우리 아이'의 내면은 한 번도 드러나지 않습니다. 그들은 단지 편의점 등에서 묵묵히 자신의 역할을 수행할 뿐이네요. '우리 아이'들은 인간으로서의 내면이 결여된, 그야말로 공적 목적을 위해 만들어진 하나의 사물로서 기능하는 것입니다. 이 완전한 침묵 속에 놓여진 '우리 아이'의 모습은, 국가 권력이 생명까지 관리하는 디스토피아에서 벌어지는 문제를 압축해 놓은 형상으로 보이기까지 합니다. 어쩌면 김강은 '우리 아이'가 주인공인 「우리 아빠」의 후속작을 쓸지도 모르겠다는 예감이 듭니다. (2023)

# 생사의 시차에서 발생하는 아찔한 현기증

「톰과 제리」라는 유명한 미국의 애니메이션 시리즈가 있습니다. 우둔한 고양이인 톰과 꾀 많은 생쥐인 제리가 갖가지 방법으로 대결을 벌이는 이야기인데요. 결론은 항상 작고 날쌘 제리가 힘세고 성깔 있는 톰을 골려 먹고 이겨 먹는다는 것입니다. 이 애니메이션은 아카데미상을 수상하기도 했고, 거의 전 세계에 방영되어 수많은 아이들의 사랑을 받아왔습니다. 우리나라에서도 1980년부터 방영되기 시작하여, 2002년까지 재방이 되었다고 하는데요. 저 역시 어린 시절 이 애니메이션을 빼놓지 않고 챙겨 보고는 했습니다.

이 시리즈에는 늘 인상적인 장면이 등장하는데요. 그것은 제리의 꾐에 빠져 높은 곳에서 떨어지게 된 톰이, 아래를 내려다보고 자신이 공중에 떠 있다는 사실을 확인한 후에야 비로소 떨어지는 장면입니다. 자연법칙에 의한다면, 당연히 불가능한 일일 텐데요. 이 시리즈에서는 거의 한 번도 빼놓지 않고, 이 추락 장면이 등장하고는 합니다. 어린 시절에는 그야말로 우스운 만화의 일부로만 여기고 지나갔는데요. 지금 돌이켜보면, 그 장면은 분명 인생의 한 자락 진실을 드러내고 있었다는 생각이 듭니다.

우리가 존재의 전환에 해당할 만한 큰일을 겪을 때는, 우리의 몸은 이미 변화된 상황 속에 가 있더라도 마음은 여전히 이전 상황에 남아 있는 경우가 많습니다. 사업가가 갑자기 빈털터리가 됐다든가, 잉꼬 부부가 갑자기 파경을 맞이했다든가 하는 경우가 그렇겠지요. '나'는 이미 빈털터리이고 돌싱이지만, 마음만은 여전히 사업가이고 잉꼬 부부일 수 있으니까요. 톰이 공중에 떠서 머무는 그 순간은, 바로 마음이 변화된 상황에 적응하지 못하는 순간을 코믹하지만 정확하게 표현한 사변적인 장면이라는 생각이 듭니다.

서유미의 「토요일 아침의 로건」(『문장웹진』, 2023년 2월)은 50살의 김성호를 등장시켜 생사生死의 기로에 선 허공 위의 아찔한 순간을 그린 작품입니다. 중견 기업의 임원으로 착실하게 커리어를 쌓아가던 김성호는 갑자기 악성 뇌종양 진단을 받습니다. 톰이 공중에 떠서 곧 추락할 자신의 상태를 확인하는 순간이, 「토요일 아침의 로건」에서는 토요일 아침마다 이루어지던 영어 과외수업을 통해 드러납니다. 이 작품에서 자신이 공중에 떠 있음을 인정하고 받아들이는 데는 무려 4주의 시간이 걸리는군요.

김성호는 집요할 정도로 열심히 살아온 한국의 중년 남성입니다. 외국계 회사에서 "회의실과 회식 장소에 가면 필라멘트가 끊어진 전구처럼 앉아 있"는 것이 싫었던, 그는 무려 4년이라는 시간 동안 매주 토요일마다 "작은 골짜기라는 의미"의 로건이라는 이름으로 젤다에게 영어 과외를 받았습니다. 그런 노력이 인정받아 김성호는 커리어의 정점을 향해 치닫고 있었는데요. 승진자 명단에도 이름을 올리고, 그토록 원하던 미국 발령까지 앞두고 있었던 것입니다. 그러나 그 영광의 순간을 앞두고, 김성호는 '발령'이 아닌 '발병'의 소식을 듣게 됩니다. 머리가 묵직하고 눈이 침침해서 찾아간 병원에서, 뇌종양이라는 판정을 받게 된 것입니다.

그토록 열심히 살아왔던 김성호이기에, 이전의 삶에서 비롯된 '생의 관성'은 한동안 지속됩니다. 그는 4년 동안 매주 만나 공부해왔던 젤다에게 이제 수업을 그만두어야 한다고 말해야 하지만, 차마 그 말을 꺼내지 못합니다. 젤다에게 수업을 그만두겠다고 말하는 일은, 김성호 자신이 뇌종양 환자임을 스스로 인정하는 일과 맞물려 있는데요. 지금 김성호는 "한 달 동안 일어난 일을 아내에게 어떻게 전해야 하나"를 고민 할 정도입니다. 김성호가 고민하는 4주의 시간은, 젤다와 함께 한 4년이라는 시간에 맞먹는 무게를 갖고 김성호는 물론이고 독자에게도 육박해 들어옵니다.

「톰과 제리」의 톰이 매번 자신의 상황을 인지하고 추락하는 것처럼, 「토요일 아침의 로건」의 김성호도 결국 변화된 자신의 상황을 인정하고 받아들이게 됩니다. 그러한 수용은 그토록 열심이었던 생의 욕망들을 덜어내는 일이기도 한데요. 김성호는 "영어를 제대로 쓰고 싶다거나 좋은 지위에 올라가고 싶은 마음이 완전히 떠나가는 걸" 느끼고서야, 비로소 젤다에게 영어 공부를 그만두겠다고 말하는 것입니다. 4주의 시간을 통해서야, 김성호는 드디어 "자신에게 무슨 일이 일어났고 자신이 무엇을 선택했는지" 깨달은 것이겠죠.

이러한 깨달음의 결과, 작품은 "그러자 비로소 마음이 아팠다."는 문장으로 끝납니다. 아마 인간으로서 로건이 마지막에 느끼는 이 '아픔'에 동참하지 않기는 어려울 겁니다. 로건처럼 생사가 걸린 치명적인 존재의 전환은 아닐지라도, 우리의 삶 역시 매번 변화의 과정에 놓여 있기 마련이니까요. 그렇기에 우둔한 톰이나 성실한 로건만이 아니라 우리 모두도 허공 위에 떠서 다가올 운명을 기다리고 있는 존재들인지도 모르겠습니다. 마지막으로 로건처럼 뇌종양을 앓으면서도, '아모르 파티(Amor Fati, 운명을 사랑하라)'를 외친 니체의 절규를 허공에 뜬 모든 이들에게 전하고 싶습니다. (2023)

# 인품에 새겨진 계급

1980년에 태어나 2002년 「노크하지 않는 집」으로 등단한 김애란만큼 21세기에 많은 주목을 받은 작가도 드물 겁니다. 김애란이 천재적인 재능으로 문학사에 남긴 것들 중에서도, 자기 세대의 청춘들이 겪는 일상에 대한 묘사는 그야말로 발군이었는데요. 그랬던 김애란이 어느새 사십 대가 되었듯, 그녀의 소설 속 인물들도 나이가 들어가고 있습니다. 「홈 파티」(『에픽』, 2022년 4월)는 청춘을 통과한 이연과 성민을 통하여 한국 사회를 가로지르는 계급의 분열선을 형상화한 소설입니다. 이때 계급을 나누는 증표는 '덕'과 '인품'이라는데 이 작품의 문제성이 있습니다.

연극배우인 이연은 대학 후배인 성민을 통해 소위 '잘 나가는' 사람들의 홈 파티에 초대받습니다. 2007년 발표한 「도도한 생활」에서 김애란은 "요즘 계급을 나누는 건 집이나 자동차 이런 게 아니라 피부하고 치아라더라."라는 강렬한 문장을 남긴 바 있는데요. 지금 홈 파티에 모인 사람들을 표상하는 것은 더 이상 '피부'나 '치아'가 아닙니다. 이연은 홈 파티에서 웃고 떠드는 와중에도 "그들에게서 알 수 없는 힘"을 느낍니다. 그 '힘'의 기원이 이 작품에서는 내적인 자질로 그려지는데요. 일테면 "단단한 안정감", "미감과 여유", "스스로를 향한 통제력", "단단하고 날렵한 기운" 등이 그것입니다. 이런 '힘'을 가진 사람들의 상대편에는 이연을 포함한 "'나머지' 사람들"이 있습니다. '나머지' 사람들의 특징 역시 내적인 자질로서 설명되는데요, 그것은 "자신을 이기지 못하"고, "잘못된 선택을 하"며, "변명하고 나약"하여, "같은 실수를 반복하는" 것으로 규정됩니다.

그런데 오피스텔에 살며 여윳돈 오백만 원이 없어 쩔쩔매는 성민과 이연은 어떻게 이 대단한 홈 파티에 초청받을 수 있었을까요? 그것은 홈 파티에 모인 사람들이 속물들이기 때문입니다. 이 작품에서 내내 암시되듯이, 이들의 인격적 자질은 진정성에 바탕한 것이 아니라, 타인의 인정에 목을 맨 결과입니다. 그렇기에 자신들의 '부유함(인품)'을 확인받기 위한 거울로서 이연과 성민이 선택된 것이겠죠. 처음 연극배우인 이연은 홈파티에서 자신에게 주어진 역할(배역)을 충실하게 수행(연기)하며, "그냥 이렇게 놀다가도 좋을 것 같다"고 생각합니다. 그런데 이 우아하고 세련된 홈 파티에는 결국 파열음이 울려퍼지게 됩니다.

첫 번째 파열음은 팔십여 년 전 영국에서 소량 생산된 빈티지 찻잔을 두고 발생하는데요. 파티에 모인 사람들이 모두 경탄의 눈으로 찻잔을 바라보는 와중에, 성민만은 "단순하고 모던한 게 좋더라고요."라며 오 대표의 무한 자부심에 스크래치를 냅니다. 그러자 성형외과 의사인 박이 "저가 인테리어 상품에 창궐하는 그런 모던은……"이라며, 성민에게 면박을

주는데요. 이 순간 홈 파티에서 훌륭한 연기를 해내던 이연은 처음으로 "창궐이라니. 사람들이 한정된 자원 안에서 나름 생활에 윤기를 주려 하는 게 무슨 질병이라도 되나?"라며 불만을 드러내고, 곧 그 분위기는 주변으로 퍼져나갑니다. 그러나 이 첫 번째의 파열음은 두 번째 파열음에 비하면 차라리 애교에 가깝습니다.

오 대표는 자신의 재산이나 명품을 자랑하는 대신, 갑자기 자신이 주말마다 고아원으로 봉사활동을 다닌다고 말합니다. 그러면서, 만 18세가 되어 시설에서 나가는 아이들은 정착금으로 오백만 원을 받는데, 아이들이 그 돈을 명품 가방 사는데 쓴다며 한탄하는데요. 이 순간 이연의 연기는 결국 파탄나고 맙니다. 이연은 시설을 나간 아이들이 자신을 제일 잘 감출 수 있는 방법은 명품 가방을 사는 것밖에 없다고 항변하는 것입니다. 이연의 말에 홈 파티에 모인 사람들은 묘한 눈빛을 주고받고, 이연은 무대에서 퇴장하기로 결심합니다. 연극배우인 이연은 '잘 나가는' 사람들의 인정욕망을 충족시켜주는 연기에 실패하고 만 겁니다.

퇴장하는 순간, 이연은 그만 오 대표의 팔십 년 넘은 빈티지 잔 세트를 깨뜨리는데요. 이 순간 빛나는 연기를 하는 것은 오 대표입니다. 오 대표는 화를 내는 대신, 이연을 진정시키고 위로하며 자신의 '덕'과 '인품'을 만방에 과시합니다. 이 순간 오 대표의 얼굴에는 "만족감이라 할까 승리감"이 떠오르는군요. 이러한 감정은 이연이 자신의 보물을 깨트렸음에도, 눈부신 연기를 통해 사람들에게 '덕 있는 자'라는 자신의 모습을 각인시켰기에 가능한 것이겠지요. 오 대표는 "계산이 정확하신 분"답게 깨진 찻잔에 대한 대가를 확실하게 챙긴 것입니다.

그러나 이연도 무대에서 잔뼈가 굵은 프로입니다. '만족감과 승리감'에 가득 찬 오 대표가 이연의 패배를 확인하고자 "오늘 어땠어요?"라고 묻는 순간, 이연은 "마치 지금 자신이 처한 상황과 사랑에 빠진 사람"이라도 된 것처럼, "너무너무 좋았어요, 정말."이라며 달뜬 목소리로 대답합니다. 오 대표의 의도는 당황하며 자신에게 사과하는 이연을 통해, 자신의 너그러움을 최고조로 과시하는 것이었을 텐데요. 이 순간 이연은 프로답게 오 대표의 의도와는 무관한 연기를 멋지게 해낸 것입니다. 내면에까지 그어진 이 사회의 계급적 분할선은 평범한 아파트의 조그만 응접실을 배경으로 이토록 멋지게 펼쳐 보인 김애란은 참으로 대단한 작가라는 생각이 듭니다. (2023)

# 화려한 감옥에서 졸업하기

밧줄에 묶인 코끼리 이야기부터 시작하면 어떨까요? 코끼리는 집채만큼 큰 몸뚱이를 갖게 된 후에도 결코 조련사의 조그만 밧줄에서 벗어날 엄두도 내지 못한다고 합니다. 이유는 조련사가 어린 코끼리를 밧줄에 단단히 묶은 후에, 코끼리가 밧줄에서 벗어나려 할 때마다 모진 채찍질을 가한 결과, 어른이 된 후에도 그 고통의 기억 때문에 감히 조련사의 밧줄에서 벗어날 생각을 못한다는 건데요.

심윤경의 「피아니스트」(『대산문화』, 2023년 겨울호)에 등장하는 수영이 제게는 밧줄에 묶인 코끼리처럼 보입니다. 부유한 부모님을 두고, 뉴욕 변호사 자격증까지 갖춘 수영은 "깜짝 놀랄 만한 사례비"를 치르고, 연봉 10억의 펀드매니저와 소개팅을 하고 있는데요. "계약 시의 유의 조항"을 나누는 것과 같은 딱딱한 대화를 나누면서도, 수영은 앞으로도 그 남자를 계속 만날 것이며, 어쩌면 결혼까지도 할 수 있을 거라고 생각합니다.

소개팅을 마친 수영은 고작 1년 정도를 다닌 영대초등학교의 담임이었던 주정숙 선생님의 정년퇴임 파티에 갑니다. 영대초등학교는 최상류층의 삶만을 살아온 수영에게는 '이탈'에 해당하는 공간입니다. 본래 서울의 유명짜한 사립초등학교에 다니던 수영은 아버지의 사업이 망하자, 인천의 바닷가 언덕바지에 있는 영대초등학교에 전학을 간 것입니다. 다시 만난 동창들 앞에서 수영은 "어물어물한 웃음"을 지으며, 이질감만을 느끼는데요. 결국 수영은 "주정숙 선생님의 퇴임 파티에 오겠다고 생각한 것은, 아무래도 괜한 시간 낭비였다"고까지 생각합니다. 그러나 이런 수영도 한때는 영대초등학교를, 그리고 그곳의 사람들을 좋아하던 시절이 있었습니다.

주정숙 선생님은 합창을 통해서 아이들을 성장시킨다는 독특한 교육관을 지니고 있었는데요. 예중 진학을 목표로 오랫동안 피아노 레슨을 받아온 수영은, "인천 변두리 초등학교의 낡은 업라이트 피아노" 반주는 당연히 자신의 몫이라고 여겼습니다. 그런데 예상과는 달리 주정숙 선생님은 수영이 아닌 "생선가게 집 더벅머리" 영찬에게 피아노 반주를 맡깁니다. 그런데 수영의 무시와 달리, 영찬의 손끝에서 나오는 피아노 소리는 수영에게 처음으로 "'영롱한 소리'라는 표현의 의미"를 깨닫게 해줄 정도로 빼어난 것이었습니다. 합창을 통해, 수영은 결코 오래 머물러서는 안될 바닷가의 영대초등학교에 매혹되었던 것인데요.

그러나 수영이 "돌아가야 할 세계"는 바닷가의 "촌스러운 학교"가 아니라 아이들이 악기와 하키 스틱을 들고 다니는 서울의 사립초등학교입니다. 다행인지 불행인지 수영의 아버지는 재기에 성공하고, 본래의 세계로 돌아간 수영은 "성공한 사업가 집안의 딸들은 예술을 하는 기"라는 부모님의 뜻에 따라 예중에 진학하여 피아니스트의 꿈을 키워갑니다. 그러나 콩쿠르 날 무대에 선 수영은 아무것도 하지 못한 채, 오줌 얼룩만을 드레스에 남기고 무대에서 내려옵니다. 어둠에 쌓인 긴 복도를 지났을 때, 수영이 마주한 것은 자신의 귓가를 후려친 아빠의 꽃다발입니다. 아빠의 꽃다발은 자신의 발목에 묶인 밧줄에서 벗어날 뻔한 수영이라는 어린 코끼리에게 가해진 조련사의 채찍질에 해당하는 것이겠죠. 이후 수영은 미국에 가서 변호사 자격증을 따냄으로써, 자신이 "속한 세계의 일원으로 남는 것에 성공"합니다.

이런 수영과 대비되는 존재가 바로 영찬입니다. 부모님이 정해 놓은 화려한 세계에 머물기 위해 수영이 몸부림을 치는 동안, 영찬은 영대시장에 남아 생선가게를 하고, 꼬치를 굽고, 조미료 범벅 참새떡볶이를 만들며 자신만의 세계를 만들어 나갑니다. 그 세계의 중심에는 여전히 피아노가 있습니다. 영찬은 지금 낡은 정미소를 개조한 '영대정미소'에서, 그 잘난 수영이를 앞에 두고 업라이트 피아노를 연주합니다. 이 순간 수영은 자신이 비린내 가득한 이곳까지 온 이유가, 어쩌면 "영찬의 피아노를 다시 들을 수 있을 것"이라는 기대 때문이었음을 어렴풋이 깨닫는군요. 영찬의 손끝에서 히사이시 조의 「바다가 보이는 마을」의 영롱한 멜로디가 흘러나올 때, 수영은 비로소 자신의 어둠이 "해방"됨을 느낍니다. 어른 코끼리가 된 수영에게도 자신을 묶어온 밧줄에서 벗어날 가능성이 처음으로 개시되는 것입니다.

그러나 수영은 결코 그 밧줄로부터 벗어나지 않습니다. 아니 못합니다.

수영은 영찬의 손끝에서 흘러나오는 소리를 따라갔다가는 자신의 "모든 것이 붕괴되어버리고 말 것"이라는 두려움을 느끼며, 영찬이 피아노를 연주하는 영대시장은 어디까지나 "세계의 바깥"이며, 그렇기에 그곳과 영찬의 영롱한 피아노 소리는 영원히 "어둠 속에 봉인"되어야만 한다고 여기니까요.

이런 수영은 고액의 연봉과 탐나는 명품으로 채워진 '화려한 감옥'에 갇혀 있는 죄수는 아닐까요? 수영은 자신에게 주어진 취향, 가치관, 야망에서 한 치도 벗어나지 않은(못한) 채 살아갈 뿐입니다. 그렇기에 누구를 만나 결혼하고, 어떤 옷차림을 하고, 어디에 사는지는 모두 '조련사'의 뜻에 따른 것이겠죠. 심윤경은 수영과 영찬이라는 두 명의 피아니스트를 무대에 세운 후에, 누구의 연주에 우리가 귀를 기울여야 할지를 독자들에게 묻고 있습니다. (2024)

# 진짜 낙관주의자가 되는 법

정영수의 「미래의 조각」(『문학동네』, 2023년 가을호)은 충격적인 사건으로 시작되는군요. 주인공인 '나'는 어머니가 고농축 살충제를 먹고 자살을 시도하여 중환자실에 누워 있다는 연락을 받습니다. 평소 자신의 어머니가 "제일의 낙관주의자"라고 여겨왔기에 이러한 소식은 더욱 충격적일 수밖에 없는데요. 마지막으로 만났을 때도, 어머니는 낙관주의자로서의 면모를 아낌없이 보여주었을 뿐입니다.

그 당시 뉴스에서는 자율 주행 전기차와 관련된 주식의 계속되는 폭등이 보도되고 있었는데요. 그 뉴스를 보던 어머니는 "조금만 있으면 운전면허도 필요 없어질 것 같다"며, "그때 되면 나 차 한 대 사줘. 차 타고 유럽 가게"라고 말하고는 했던 것입니다. "늘 미래가 금방이라도 들이닥칠 것"처럼 말하곤 했던 어머니는, 면허가 없지만 자율 주행 자동차가 나오면 혼자 차를 타고 돌아다닐 수 있게 될 것이고, 그때가 되면 통일도 되어 있을 테니 북한을 거쳐 유럽까지 갈 수 있지 않겠냐고 생각한 것입니다. 어머니는 그때만 그런 것이 아니라, 늘 "얼마 지나지 않아 사람들은 화성으로 이주해 도시를 건설할 것이며, 얼마 지나지 않아 과학기술의 발전으로 환경오염과 기후 위기도 모두 해결될 것이고……"라며 미래에 대한 기대로 가득했습니다. 이렇게 어머니가 그리는 미래의 세상은 "언제나 지금보다 나은 모습"이었고, 그렇기에 어머니에게 신앙이 있다면, 그것은 "미래"였던 것입니다.

이런 '제일의 낙관주의자'인 어머니가 자살을 시도했으니, '내'가 받은 충격은 대단한 것일 수밖에 없는데요. '나'는 어머니가 "죽음 또한 미래에 있는 것이니, 미래에 있는 다른 모든 것들처럼 그것도 좋은 것이리라고 생각했을지 모르겠다."며, 평소 어머니의 낙관적인 모습에 비추어 어머니의 자살 시도를 합리화하려고까지 합니다. 그러나 어머니는 "나는 나의 지난 삶에 죄를 지었다."라는 유서까지 남겼기에, 이러한 합리화가 성공할 수는 없습니다.

그렇다면 항상 장밋빛 미래를 믿어 의심치 않는 어머니가, 죄를 지었다고 생각하는 '지난 삶'은 어떤 것이었을까요? 어머니가 늘 되새김질해 온 과거는 장밋빛과는 거리가 멀어도 너무나 머네요. 어머니는 시골 중학교를 졸업하고, 상경하여 남편을 만났고, 십 대에 아들을 낳고 이후에도 또 아들을 낳았으며, 결국에는 원하지 않는 삶을 체념하듯 받아들이며 살아온 것입니다. 어머니는 자식들을 모두 성장시킨 후에는, '지난 삶'을 보상이라도 받겠다는 듯이 과거의 모든 '원인'인 아버지와 맹렬하게 싸웠는데요. 그 싸움은 너무나도 맹렬하여 형과 '나'는 결국 아버지와 어머니를 따로 살게까지 했습니다.

어머니는 중환자실에서 집으로 돌아왔지만, 안타깝게도 고농축 살충제는 성대를 파괴하여 어머니로부터 목소리를 앗아가 버리고 말았네요. 이후 어머니는 소설 비슷한 이야기를 쓰기 시작합니다. '나'는 어머니의 글이 "자기 치유의 행위로써 지나온 삶을 하나하나 되짚어보는 일종의 회고록"일 거라고 예상하지만, 실제는 전혀 다릅니다. 과거 시제와 현재 시제, 미래 시제가 혼재되어 있는 그 글에서, 어머니는 대학까지 졸업하고 무역회사에 들어가 전 세계를 돌아다니거나, 생물학자가 되어 아프리카와 호주를 돌아다니며 연구를 합니다. 또는 아버지와 달리 다정하고 가정적인 남자를 만나 두 딸을 낳아 기르고, 그 딸들은 무역회사를 다니거나 동물을 연구하며 전 세계를 돌아다니네요. 어머니의 소설은 "과거 속의 미래"를 재구성하는 일이자, 지나간 삶을 미래의 가능성으로 치유하는 일이였던 건데요. 죽음의 문턱에서 돌아온 어머니는 이제 '미래'만큼이나 '과거'의 희망도 중요하다는 것을 발견한 것이겠지요. 미래가 '다가오지 않은 것'처럼 과거도 '다가갈 수 없는 것'이라면, 과거 역시 미래처럼 의지가 개입되지 말란 법은 없으니까요.

이제 '미래'만을 신앙하던 어머니에게는 새로운 우주가 열린 것입니다. 이런 어머니를 보며, '나'는 어머니에게 선물을 준비합니다. 그것은 "언제나 현재의 좋은 것을 손에 잡기보다 미래에 도래할 좋은 것을 기다리는 일을 택하는 사람"이었던 어머니에게 '현재의 좋은 것'을 알려주는 것인데요. '나'는 어머니와 함께 공원을 산책하며, 소풍 나온 가족들, 개를 데리고 산책로를 걷는 사람들, 선 캡을 쓰고 수다를 떠는 여자들의 모습을

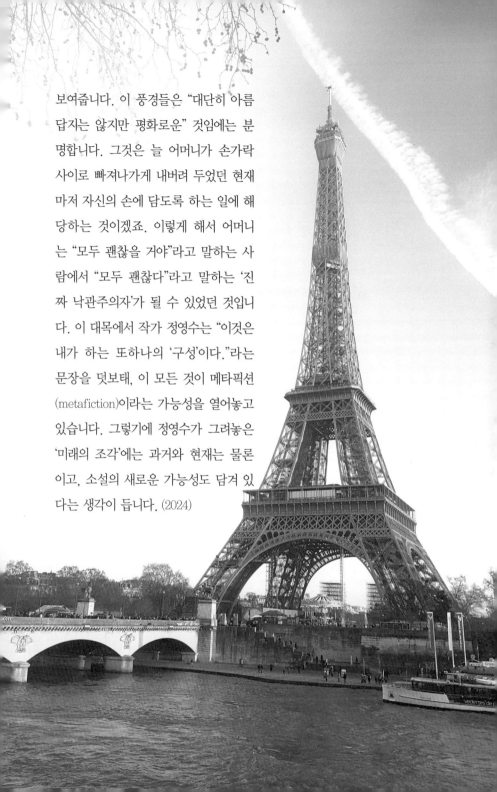

보여줍니다. 이 풍경들은 "대단히 아름
답지는 않지만 평화로운" 것임에는 분
명합니다. 그것은 늘 어머니가 손가락
사이로 빠져나가게 내버려 두었던 현재
마저 자신의 손에 담도록 하는 일에 해
당하는 것이겠죠. 이렇게 해서 어머니
는 "모두 괜찮을 거야"라고 말하는 사
람에서 "모두 괜찮다"라고 말하는 '진
짜 낙관주의자'가 될 수 있었던 것입니
다. 이 대목에서 작가 정영수는 "이것은
내가 하는 또하나의 '구성'이다."라는
문장을 덧보태, 이 모든 것이 메타픽션
(metafiction)이라는 가능성을 열어놓고
있습니다. 그렇기에 정영수가 그려놓은
'미래의 조각'에는 과거와 현재는 물론
이고, 소설의 새로운 가능성도 담겨 있
다는 생각이 듭니다. (2024)

# 잠수함 속 토끼가 알려주고 싶었던 것

　정보라는 호러/SF/판타지 소설집 『저주토끼』로 2022년 부커상 국제 부문 최종 후보에 오르고, 이듬해 국내 최초로 전미도서상 번역문학 부문 최종 후보에도 이름을 올려 큰 화제가 된 작가입니다. 정보라는 강렬한 사회의식을 새로운 소설 문법에 담아내는 것으로 정평이 나 있죠. 그런 정보라가 이번에는 도서관이 사라진 디스토피아를 그린 「도서관 물귀신」(『대산문화』, 2023년 겨울호)을 발표했습니다. 작가의 출세작 제목이 '저주토끼'여서일까요? 이 작품을 읽는 내내 작가의 역할을 비유할 때 자주 사용하는 '잠수함 속 토끼'라는 말이 떠올랐습니다. 토끼가 인간보다 산소 결핍에 민감하다는 것을 안 수병들은, 혹시라도 발생할지 모를 '산소 부족' 현상을 감지하기 위해 잠수함에 토끼를 태웠다고 하는데요. 아마도 '잠수함 속 토끼'라는 말은, 작가란 누구보다 먼저 세상의 모순과 위기의 징후를 알아채고 이를 사람들에게 알려야 한다는 의미로 사용된 비유일 겁니다.

정보라의 「도서관 물귀신」이 배경으로 삼고 있는 세상에는 도서관이 고작 세 개만 남았네요. 김 선생은 그중의 한 곳에서 비정규직 사서로 근무하며 책과 도서관을 지키기 위해 분투합니다. 김 선생이 근무하는 도서관은 본래 5층 건물 전체를 도서관으로 사용했지만, 현재는 가장 아래층인 지하 3층만을 도서관으로 사용하고 있습니다. 나머지 층이 모두 돈벌이 용도로 사용된 지는 이미 오래 전이네요. 황당한 것은 어린이가 이 도서관에 들어오려면, 부모님은 물론이고 교장 선생님의 서명까지 받은 출입 사유서를 제출해야 한다는 것입니다. 그렇기에 아이들로 북적여야 마땅한 도서관은 어느새 '노키즈존'(No kids zone)이 되어 버렸네요.

이 암울한 상황에 더해 도서관에 물귀신이 나온다는 소문까지 떠돌기 시작합니다. 언젠가부터 책이 젖고 서가 주변에 물이 흥건하게 고이기 시작한 것입니다. 김 선생은 물귀신을 잡기 위해 온갖 노력을 기울이고, 물귀신이 누수漏水에서 비롯되었음을 발견합니다. 그러나 이 도서관에서 '물귀신'을 쫓아낼 방법은 없습니다. 누수 문제를 해결하기 위해 김 선생이 백방으로 노력하지만, "시에서는 중앙에 요청하라고 하고 중앙에선 예산 없으니까 지자체에 문의하라"는 식으로 아무도 책임을 지려 하지 않으니까요. 그러나 3개월 후에 도서관이 아예 사라질 예정이라는 것을 고려한다면, 누수 문제는 차라리 연습 게임에 가까운 것인지도 모르겠습니다. 폐관을 앞둔 현재 김 선생의 가장 중요한 업무는 국립중앙도서관으로 옮길 10퍼센트의 책과 폐기할 90퍼센트의 책을 분류하는 것입니다.

「도서관 물귀신」은 단편이면서도, 책과 교양이 사라져가는 모습뿐만 아니라 비정규직이나 가짜 뉴스 같은 민감한 사회문제를 건드리는 작품입니다. 김 선생이 물귀신을 잡는 과정에서 유일하게 도움을 주는 사람은 야간 경비원 '박 씨 아줌마'인데요. "파리 목숨"인 박 씨 아줌마가 소속된 용역업체는 1년 이상 근무하면 줘야 하는 퇴직금 탓에, 박 씨 아줌마와 10개월씩 끊어서 재계약을 합니다. 그 외에도 박 씨 아줌마는 비정규직이기에 여러 가지 불합리한 일을 감내할 수밖에 없는데요. 아이러니한 것은 도서관을 살리기 위해 애쓰는 것은, 그 누구도 아닌 언제든 해고될 수 있는 비정규직 김 선생과 '박 씨 아줌마' 뿐이라는 점입니다.

작품에서는 이처럼 다양한 '산소 부족' 현상이 펼쳐지고 있는데요. 그 다양한 문제의 밑바탕에는 하나의 근본적인 원인이 존재합니다. 그것은 바로 '돈의 논리'가 전면화된 것이라고 할 수 있을 텐데요. 일테면, 도서관을 '노키즈존'으로 만든 이유가 "시민의 세금으로 운영되는 공공기관에 세금도 안 내는 미성년자들"이 와서 "뭐든지 공짜로" 쓰는 것을 용납할 수 없기 때문이라는 것을 들 수 있겠네요.

처음에 저는 「도서관 물귀신」이 암울한 미래를 그린 디스토피아라고 규정했습니다. 과연 정보라가 보여주는 이야기들을 미래의 가상이라고만 단정 지을 수 있을까요? 이 모든 이야기들은 '미래의 가상'이 아니라 '현재의 실상'으로 우리의 주위에서 지금 펼쳐지고 있는 이야기는 아닐까요? 이러한 경각심을 일깨운 것만으로도 정보라는 '잠수함 속 토끼'라는 작가의 역할을 충실히 수행했다고 말할 수 있을 겁니다.

그런데 정보라가 진정으로 독자들에게 말하고자 한 '산소 부족' 현상은 책과 지식이 깡그리 무시당하는 현실이 아니라, 어쩌면 그러한 현실을 받아들이는 사람들의 무력한 자세라는 생각이 듭니다. 그런 생각은 작품의 마지막 대목에서 확인할 수 있는데요. 모든 것이 암울한 상황에서 도서관의 가장 약한 존재들인 '박 씨 아줌마'와 김 선생은 절망이 아닌 희망을 갖고 행동에 나섭니다. '박 씨 아줌마'는 사라질 도서관을 생각하며 통곡하는 김 선생에게 "알아보면 다 방법이 있을 거예요"라는 말을 건네고, 김 선생 역시 마음을 추스려 "책을 구하기 위해 분연히 일어"서는 겁니다. 어쩌면 정보라가 진정으로 알려주고자 한 우리 사회의 '산소 부족' 현상은 모든 것이 '돈의 논리'에 의해 훼손되는 현실보다도, 그러한 현실에 지레 겁먹고 주저앉는 우리들의 모습이었는지도 모르겠습니다. (2024)

# 우리는 사랑을 견딜 수 있는가?

신경림의 시 「갈대」(1955)에서 갈대는 언젠가부터 자신의 온몸이 흔들리고 있다는 걸 알게 됩니다. 그러고는 자기를 흔드는 것이 바람도 달빛도 아닌, 그저 "제 조용한 울음"인 것을 깨닫는데요. 갈대는 왜 밤마다 혼자 울어야만 했을까요? 인간인 저로서는 외롭고 고독했기 때문이라고 감히 추측해 봅니다. 모든 생명체는 독립된 유기체로서 개체의 벽에 갇혀 있기에, 늘 혼자라는 고독과 긴장 속에서 살아가야만 합니다. 그렇기에 인간은 맹렬하게 불연속성에서 벗어나 다른 대상과 연결되기를 원하는데요. 다행히 인간은 축복처럼 불연속성에서 벗어나 가끔 세상과 연속성을 회복하기도 합니다. 조르주 바타유(Georges Bataille, 1897-1962)에 따르면, 에로티즘, 신성 체험, 죽음 등이 바로 그 지복의 순간에 해당하는데요.

인간이 개체라는 벽에서 벗어나는 순간으로는 아마 사랑도 들 수 있을 겁니다. 누군가를 사랑할 때, 우리는 '나'라는 장벽을 부수고 '너'와 하나가 될 수 있으니까요. 그런데 인간은 연속성을 열망하는 것만큼이나 연속성을 두려워하기도 합니다. 연속성을 회복하는 순간은 자아라는 애지중지해 온 개체의 벽이 부서지는 순간이기도 하니까요. 문진영의 「덜 박힌 못」(『자음과모음』, 2023년 가을호)은 인간이 개체성을 벗어나 세상과 연속되기를 바라면서, 동시에 개체의 벽 안에 머물기를 바라는 모순적인 면모를 물 흐르듯 잔잔하게 보여주는 만만치 않은 작품입니다.

처음 혜정은 경호와 사귀는데요, 어느 순간부터 둘의 사이에 경호의 누나인 경신 언니가 끼어들게 됩니다. 이후 혜정은 경호보다도 경신 언니에게 진한 애정을 느끼는군요. 처음 경호는 40을 넘긴 누나가 부모 대신 자신을 돌보느라 온갖 험한 일을 했으며, 지금은 그때의 후유증으로 중증의 우울증을 앓고 있다고 소개합니다. 그러나 삼계탕집에서 경신 언니를 처음 만났을 때, '중증의 우울증자'이자 '시어머니보다 더한 시누이'라는 편견과는 달리 경신 언니는 "화장조차 필요 없는 미인"이었으며 혜정을 격식 없이 대해 줍니다. 혜정과 경신 언니는 처음부터 어찌나 죽이 잘 맞는지, 첫 만남부터 경호의 집에서 밤새 술을 먹고, 그 다음 날에는 해장라면을 먹어가며 저녁까지 함께 시간을 보낼 정도입니다.

나중에 혜정은 경호 없이 경신언니와 단 둘이서 만나기 시작하고, 혜정은 경신 언니를 따라 처음으로 클럽에 가기도 합니다. 혜정은 경신 언니 곁에 있으면, "용감한 버전의 내"가 될 수 있었고, 무엇보다도 "해방감"을 느꼈던 것입니다. 이 해방감이야말로 얌전하고 성실한 공무원으로 살아가는 혜정이 자기라는 개체의 벽을 허물고, 세상과 연속된 존재가 되었음을 보여주는 것은 아닐까요?

혜정이 이러한 해방감을 느낄 수 있었던 것은, 경신 언니가 가진 독특한 힘 때문입니다. 혜정은 자신이 경신 언니를 좋아하는 이유가, "벽이 없는 사람"이기 때문이라고 말하는군요. 이 말을 듣고 경호는 "벽이 없다는 건 동시에 보호막이 없다는 거야. 누나는 상대방이 누구든지 전력을 다한다고, 자기 패를 다 보여준다고."라고 대답하는데요. 경신 언니는 보통 사람보다 자아라는 벽이 약한 사람이었으며, 그렇기에 쉽게 타인과 연결될 수 있었던 겁니다. 경호의 이 말을 듣고 혜정은 자신만만하게 "언니가 자신의 모든 패를 다 보여준다면 나도 내 패를 다 보여줄 거야."라고 다짐하는군요. 개체의 벽을 넘어서겠다고 다짐하는 혜정은, 어쩌면 경신 언니를 진짜로 사랑했는지도 모르겠습니다.

그러나 과연 혜정은 언제까지 '중증 우울증자'에 직업도 없이 동생에 얹혀사는 불혹의 경신 언니를 사랑할 수 있을까요? 곧 시험의 날은 다가옵니다. 그날 우울증 약의 처방을 바꾸고 술까지 거듭 마신 경신 언니는, 자주 가던 칵테일 바에서 내내 잠만 잡니다. 자신에게 기댄 채 쿨쿨 잠자는 경신 언니를 보며, 혜정은 "한 생의 무게가 고스란히 나를 덮쳐오는 느낌, 지구보다 더 무거"운 느낌을 받습니다. 그러면서 머리로는 "이 사람을 지켜주고 싶다"고 생각하지만, 실제로는 경신 언니로부터 도망치고 맙니다. '벽이 없는 사람'이었던 경신 언니가 진짜로 자신을 완전히 개방하여 혜정에게 다가왔을 때, 혜정은 지구보다도 무겁게 느껴지는 언니의 무게를 견디지 못한 겁니다. 결코 사랑이란 만만한 게 아니었던 모양입니다.

오랜 시간이 지난 지금도 연속성을 바라면서 동시에 회피하는 혜정의 마음은 변함이 없습니다. 6년 만에 경신 언니에게 연락이 오자, 처음 혜정은 경신 언니의 연락을 외면하지만 곧 "그렇구나, 잘됐네, ㅋㅋㅋ"와 같은 간단한 반응을 남기기 시작하는군요. 그러면서 "그게 싫지 않았다. 다시 연결되고 싶었던 것 같다."라고 생각합니다. 경신 언니가 만나자는 얘기를 해주었을 때도, 혜정은 "걱정스러우면서도 기뻤다."는 모순적인 감정을 느낍니다. 그리고 이번에도 짧은 에피소드만을 남긴 채 경신 언니와 헤어지는데요. 그제서야 혜정은 깨닫습니다. "우리가 헤어진 건 우리가 우리 자신이기 때문이었다."는 걸요. '우리가 우리 자신이기'를 멈추고 타인과 하나가 되기에, "참새만큼 가벼웠던" 혜정의 마음은 아마도 턱없이 부족했나 봅니다. 연속성을 바라면서 동시에 회피하는 혜정의 모순된 마음은, 아마도 혜정의 것만은 아닌 우리 모두의 마음이기도 할 겁니다. (2024)

# 쑥과 마늘이 된 Homo Debitor

김지연의 「반려빚」(『문학과사회』, 2023년 여름호)은 반려자나 반려동물처럼 빚과 평생 짝이 되어 살아가야 하는 우리 시대 젊은이의 모습을 그린 소설입니다. 김지연은 주로 Z세대의 일상과 심리를 새로운 감각으로 형상화하고는 했는데요. 이번 소설은 이들이 겪는 채무라는 문제를 심리나 관계라는 미시적 차원에서 다룬 독특한 작품입니다.

아메리카 대륙의 정복자들은 단순한 탐욕이 아니라 상상을 초월하는 탐욕을 보여, 지금까지도 사람들을 놀라게 하는데요. 최근에 알려진 바에 따르면, 인간성을 몰각한 이들의 탐욕은 그들이 채무자였다는 사실과 무관하지 않다고 합니다. 대표적인 사례로 아스텍 문명을 파괴한 에르난 코르테스는 언제나 부채에 짓눌려 있던 사람이었다고 하는데요. 그는 냉철하고 계산적인 탐욕의 심리보다는 수치심과 분노, 그리고 복리로 축적되기만 하던 부채의 긴박성 등이 뒤얽힌 심리로 하나의 문명을 박살냈다고 합니다.

김지연의 「반려빚」은 그토록 무서운 빚이 오늘날의 젊은이들과 동거하게 되는 방식을 보여주는 소설입니다. 서일과의 긴 연애 끝에 정현에게는 빚만 1억 6천이 남습니다. 번번이 서일은 정현에게 돈을 빌려달라고 했으며, 그때마다 정현은 "자신의 여생을 맡길 마음까지도 먹었던 사람"인 서일에게 대출까지 받아 돈을 빌려주고는 했던 것입니다. 「반려빚」의 가장 빛나는 대목은 무심한 듯, 담담하게 정현이 채무자가 되면서 겪게 되는 심리의 변화를 보여주는 것이 아닐까 싶네요.

본래 빚이 진정으로 무서운 것은 채무자의 육체적·지적 능력을 빼앗는 것뿐만 아니라, 심리를 통제함으로써 채무자의 실존적·사회적 힘들까지도 착복하기 때문입니다. 본래 인도유럽어에서 부채를 뜻하는 단어와 죄의식을 뜻하는 단어는 동의어라고 하는데요. 일례로 독일어 Schuld가 부채와 죄(의식)를 동시에 의미하는 것을 들 수 있겠죠. 이처럼 빚은 죄의식을 동반하며, 이러한 죄의식은 채무자로부터 온전한 삶의 기회를 앗아갑니다. 정현은 "빚이 1억 6천 있는 사람"인 자신은 누구도 만날 수 없는 사람이 되었다고 여깁니다. 또한 정현은 예전에는 세상이 "친구가 될 수 있을 사람들로 넘쳐나는" 곳이었는데, "이제는 도통 못 믿을 사람들로 가득해졌다"고 생각하는군요. "길바닥에 담배꽁초 하나 버리지 않았"으며, "미친년"이라는 소리를 들을 정도로 서일을 사랑했을 뿐인, 정현은 어느새 사람을 만날 수도 믿을 수도 없는 사람이 되어 버린 것입니다.

더 큰 문제는 빚으로 인해 정현이 언젠가부터 "거의 매 순간 돈에 대해 생각"하는 사람으로 변했다는 점입니다. 그렇기에 언니나 부모와도 거리

가 멀어진 채 혼자 지내는 정현에게는, "다 때려치우고 싶다거나 죽고 싶다
생각했다가도 그래도 저건 다 갚고 죽어야지… 하는 생각"을 하게 만드
는 1억 6천의 빚이 어느새 "반려자"가 된 겁니다. 빚은 정현이 "잘 돌보고
보살펴 임종에 이르는 순간까지 지켜보아야 할 그 무엇"이기까지 하네요.

정현과 빚이 맺는 반려의 관계는 결코 평등하지가 않습니다. 그것은 정현의 꿈을 통해 드러나는데요. 꿈속에서 정현은 반려빚과 함께 산책을 갑니다. 이때 목줄을 쥔 쪽은 놀랍게도 정현이 아닌 빚이군요. 정현은 목이 말라 아이스 아메리카노를 마시고 싶다고 반려빚에게 얘기하지만, 반려빚은 목줄을 단호하게 잡아당기며 정현에게 "집에 믹스커피 있잖아."라고 대답할 뿐입니다. 이후로도 반려빚은 종종 정현의 머릿속에 등장해 "정현이 돈을 쓰려고 할 때마다 시비를 걸"고는 하는군요.

다행히도 이혼녀가 되어 나타난 서일은 정현의 빚을 모두 갚아줍니다. 정현은 빚을 다 갚고 난 후, 처음에는 "쑥과 마늘만 먹고 100일을 버텨낸 곰"처럼 자신도 버텨냈다고 자부했다가, 곧 자신이 "먹으면 사람이 되게 해준다고 소문이 나서 다들 잘근잘근 씹어 먹으려고 손을 뻗치는" 쑥이나 마늘이라고 생각합니다. 정현이라는 '마늘'과 '쑥'을 씹어댄 존재에는, 정현의 감정을 이용한 서일뿐만 아니라 은행 등을 비롯한 우리 사회도 포함될 것입니다. 그리고 정현은 빚으로 인해 "다만 사랑하는 사람을 만나서 그 사람에게 아낌없이 다 주고 싶었을 뿐"인 자신이, "그 누구보다도 열심히 셈하고 값을 따져보"는 사람이 되었음을 깨닫습니다. 이후 꿈속에서 다시 만난 반려빚은 드디어 정현을 떠나가며, 꿈에서 깨어난 정현은 홀가분함을 느끼면서도 "마침내 0이 된 기분"을 느끼는데요. 저는 왠지 제로로 돌아간 정현이, 그나마 빚이라도 반려자로 삼아 살아가는 모습보다 행복해 보이지 않습니다. 이런 기분은 저만 느끼는 걸까요? 아니면 여러분들도 그런가요? (2024)

# 모욕의 공범들

박지영은 독자들이 당연하게 생각하는 것들을 새롭게 바라보도록 만든다는 점에서, 작가다운 작가 중의 한 명입니다. 박지영은 선善 뒤에 숨어 있는 악惡, 피해 뒤에 숨어 있는 가해와 같이 우리 삶의 복잡한 면모들을 면도칼로 저며내듯이, 낱낱이 가르고 헤쳐 피가 뚝뚝 떨어지는 진실을 독자들에게 펼쳐 보이는데 능숙한데요. 이번에 살펴보려는 「누군가는 춤을 추고 있다」(『이달의 이웃비』, 민음사, 2023)에서는 '모욕'이라는 감정을 해부하여 우리의 책상 위에 올려놓고 있습니다.

모욕이란 말은 듣기만 해도 감정의 동요가 일어나는 단어로서, 자동적으로 모욕을 가한 '나쁜 인간'과 모욕을 당한 '선한 인간'을 떠올리게 하는데요. 모욕의 주체와 대상을 나눈 후에는, 자연스럽게 '선한 인간'에 대한 동정과 '악한 인간'에 대한 증오를 갖게 마련입니다. 그런데, 박지영은 「누군가는 춤을 추고 있다」에서 그러한 이분법의 겉과 속을 파헤쳐서는,

모욕은 주체와 대상의 분리와 구별에서 탄생하는 것이 아니라 오히려 주체와 대상의 공모와 협조를 통해서만 탄생한다는 것을 집요하게 보여줍니다.

여기 구립 아트센터의 육아휴직 대체인력으로 3개월짜리 임시직을 뽑는 면접장에 앉아 있는 30대 초반의 한 여성이 있습니다. 그 자리에서 면접관은 "모욕당한 경험을 바탕으로, 모욕적인 일을 당하면 어떻게 대처할 건지 얘기해 보세요."라고 부드럽게 말하는군요. 그러나 부드러운 말투와는 달리, 이 질문은 민주에게 매우 모욕적인 것입니다. 그것은 "당신의 보잘것없는 이력서를 통해 나는 당신이 '당연히' 모욕당하는 입장에서 살아왔음을 확인했다."는, 즉 당신에게 모욕은 기본값으로 설정되어 있다는 것을 전제로 한 것이니까요. 안타깝게도 민주는 직장을 얻기 위해 한없이 선한 미소를 지으며 면접관이 원하는 답변을 하고 마는군요.

이전에도 이런 일을 숱하게 겪어온 민주는 어느새 '모욕' 전문가가 되어 갑니다. 민주는 모욕이란 "개인의 과오와는 무관한 것"으로서, "고개 숙여 사과하면 되는 일에 무릎 꿇기를 요구하는 것"이며, "반성하면 되는 일에 뺨을 때리는 것"이고, "상식을 요구했을 때 침을 뱉고 발로 차는 것"이자, "내가 '나'가 아니라 '네까짓 것'이 되는 일"이라는 깨달음을 얻습니다. 본래 인간이란 잘못을 하기 마련이며, 설령 누군가가 잘못을 하더라도 그것에 대해 지적하고 개선을 요구할 수는 있지만, 그 사람에게 모욕적인 언사나 행동을 할 권리는 그 누구에게도 없다는 것을 생각한다면, 민주의 깨달음은 상식에 해당하는 것일지도 모르겠습니다.

민주의 깨달음은 이러한 상식에서 한 단계 더 나아갑니다. 세상에 모욕이란 없어져야 한다고 생각하는 민주는 홈패션 소품 전문기인 '나'와 의기투합하여 모욕 모자를 만드는데요. 모욕 모자를 만든 이유는 서로의 머리 위에 높이 솟은 모욕 모자를 보며, 서로가 주고받았던 모욕을 잊지 않기 위해서입니다. 흥미로운 것은 자신이 썼을 때, "가장 모욕적일 모자"를 생각하던 민주가 그 모자에 모욕과는 무관해 보이는 "순종과 온순, 배려, 친절, 공손"과 같은 너무나도 따뜻하고 아름다운 말을 새겨넣었다는 것입니다. '순종과 온순, 배려, 친절, 공손'과 '모욕'이 서로 연결된다는 인식이야말로 이 작품의 핵심에 해당합니다.

작가는 모욕이 발생하기 위해서는, 모욕당하는 자의 동의가 반드시 따라야 한다는 입장인데요. 작품 내 표현으로 옮겨보자면, "스스로를 모욕됨이 기본값인 인간으로 설정"해 두었기 때문에, "모욕된 세계를 일상이라 여기고 모욕 안에 스스로를 방치해 두고 있었"기 때문에 모욕이 발생한다는 것입니다. "머릿속 꽃밭"이라 표현되는 '순종과 온순, 배려, 친절, 공손'을 통해, 사람들은 모욕을 순화시켜 참고 견딘다는 건데요. 그것을 작가는 "머릿속 꽃밭"을 통해 모욕의 "똥 같은 말"을 감추는 것이라고 비유하고 있습니다. 문제는 "민주의 모욕됨은 혼자서 피해자가 되는 것으로 끝나는 것"이 아니라 "동료들을 더 많은 모욕에 무방비하게 노출시켜 같은 피해자"로 만들 수 있다는 것입니다. 이렇게 되면, 모욕 앞에서 보여주는 '순종과 온순, 배려, 친절, 공손'과 같은 태도는 본래의 선함과는 무관하게 "모욕의 가해자가 되는 방식"일 수도 있겠네요. 그렇기에 "민주가 오래 피워 온 머릿속의 꽃밭"은 "민주가 자신에게 씌운 첫 번째 모욕 모자"가 되어야만 했던 것입니다.

이처럼 작가가 진정으로 문제 삼고자 하는 것은 '모욕의 내면화'라고 할 수 있습니다. 이러한 내면화를 통해 우리는 별다른 강제가 없더라도 '알아서 기는' 노예적 인간으로 살아가는 것은 이닐까요? 그렇다면 모욕을 없애는 방법은 "빙그레 쌍X의 우아한 미소"를 짓는 것인지도 모르겠습니다. 모욕의 적은 면접관이나 직장 상사와 같은 밖에만 있었던 것이 아니라, 모욕의 현장에서 '꽃밭같은 미소'만 짓고 있던 우리에게도 있었던 것이니까요. '빙그레 쌍X의 우아한 미소'를 짓는 것은 '순종과 온순, 배려, 친절, 공손'으로 가득한 미소를 짓는 것보다 훨씬 어려운 일일 수도 있겠지만, 박지영은 바로 그 미소를 통해서만 모욕의 공범이 되는 길에서 벗어날 수 있다고 우리에게 말하고 있습니다. (2024)

# 달콤한 속물들의 세계

현대 사회에 등장한 새로운 인간형의 하나로 스놉(snob)을 들 수 있습니다. 우리말로는 속물로 번역 할 수 있는데요. 스놉은 자신이 무엇을 원하는지 모르기에 타자의 욕망만을 과도하게 욕망하며 타인의 의견 속에서만 살아가는 존재를 말합니다. 최지애의 「달콤한 픽션」(『달콤한 픽션』, 걷는사람, 2023)은 선영을 통해 스놉적인 삶을 보여주는 작품입니다. 얼핏 보기에 이 작품은 이삼십 대 대도시 여성의 일과 사랑을 다룬 전형적 칙릿(Chick-Lit)으로 보이기도 하는데요. 「달콤한 픽션」을 칙릿으로만 규정하는 것은 과대 진술인 동시에 과소 진술로 여겨집니다. 젊은 대도시 여성들의 삶과 연애, 그리고 취향을 속속들이 드러내기에 「달콤한 픽션」은 짧막한 단편에 불과하다는 점에서는 과대 진술이지만, 현대의 문제적인 인간형인 스놉을 면밀하게 다루었다는 점에서는 과소 진술에 해당합니다.

삼십 대 중반의 직장 여성인 선영은, 작품의 첫 번째 문장이 "초조했다. 그에게선 끝내 연락이 없었다."인 것에서도 드러나듯이, 누군가로부터의 호출과 인정에 늘 목말라 있습니다. 그렇기에 그녀는 "퍼레이드"라는 말을 쓸 정도로 소개팅을 통해 누군가를 줄기차게 만나지만, 그 누구와도 지속적인 관계를 맺지는 못하는군요. 타인의 인정과 평가에 매달리는 선영의 특징은, 소울메이트인 미주가 "서울 소재 상위 대학" 출신의 "고액 연봉"인 남자와 결혼했을 때 선명하게 드러납니다. 스놉인 선영에게 혼자로 남는다는 것은 누군가로부터 인정을 받지 못했다는 것을 의미하기에, 소울메이트 미주의 결혼은 "나만 패인이며 동시에 폐인으로 남겨진 듯했다"는 절망감을 선영에게 안겨줍니다.

그런데 고유한 내면이 텅 빈 스놉답게 선영은, 미주의 결혼 이야기를 들으며 "막연하게 하고 싶었고, 갖고 싶었고, 이루고 싶었"을 뿐이지, 자신이 진정으로 원하는 것이 "결혼을 하고 싶은 건지 결혼 준비를 하고 싶은 건지, 신혼여행이 가고 싶은 건지 남편이 갖고 싶은 건지"조차 알지 못합니다. 자신의 진짜 욕망이나 마음이 무엇인지 알지 못하는 선영은, 다만 누군가의 인정이 필요할 뿐이기에, 미주의 결혼 소식을 들은 선영은 전보다 더욱 가열하게 소개팅에 나설 뿐이네요. 흥미로운 것은 소개팅을 통해 원하는 것도, "하루빨리 내 짝을 만나 결혼하고 싶"은 것보다도 "일단 누구든 만나 잘 어울리는 커플로 미주 결혼식에 참석하는 게 먼저"라는 것입니다. 신영에게는 누군가에게 멋져 보이고, 잘나 보이는 것이야말로 포기할 수 없는 삶의 최우선 가치였던 겁니다

그런 선영에게도 진지한 성찰의 날은 다가오는군요. 어느 날 선영은 따로 분류해놓은 소개팅한 남자들의 명함을 쭉 펼쳐놓습니다. 그 명함들

은 한때 "일등 당첨 로또 복권", "신분 상승의 급행 열차표", "구하기 어려운 공연의 VIP석 티켓", "아파트 일 순위 분양권" 등과 같은 스놉적 가치로 가득했었지만, 이제는 "세탁기에 돌린 복권 ", "꼭짓점을 찍고 하염없이 추락하는 열차의 티켓", "절반이 넘게 진행된 공연의 암표", "추첨에서 떨어진 일 순위 분양 딱지"로 전락해버린 것들입니다. 인정욕망에 지친 선영은 그 명함에 적힌 연락처를 보고, "예전에 당신과 소개팅한 이선영입니다. 왜 저를 거절하셨는지 이유를 알고 싶습니다. 이제라도 알려주실 수 있나요? 답신 주세요."라는 문자메시지를 보내는데요. 안타깝게도 단 한 통의 답변만이 오고, 더군다나 그 발신인은 첫 만남에서 스팸을 선물로 주어 선영을 깜짝 놀라게 했던 괴이한 남성입니다.

어쩌면 이 순간은 프랑스의 인문학자 르네 지라르(Rene Girard, 1923-2015)가 말한 '죽음'의 순간이 될 수도 있을 텐데요. 르네 지라르는 위대한 소설에는 타자의 욕망을 욕망하는 속물이 그러한 광기에서 벗어나는 순간이 존재한다고 주장하며, 그 순간을 '죽음'이라고 불렀습니다. '죽음'의 순간, 주인공들은 자신의 삶 전체가 기만이자 허상이었다는 것을 깨닫고 모방적 욕망에서 처음이자 마지막으로 벗어난다는 것인데요. 그렇기에 지라르는 이 '죽음'의 순간을 회심(conversion)이라고 부르기도 했습니다. 또한 이 순간은 '무치無恥의 에토스'를 지닌 속물이 수치를 깨닫는 순간이기도 합니다. 이러한 깨달음은 속물이었던 주인공을 이전과는 다른 주체로 새롭게 탄생시키는 결정적인 조건이 될 수도 있을 텐데요.

안타깝게도 선영은 '죽음'의 순간 냉혹한 삶의 진실과 마주하기보다는 속물의 삶에 더 깊숙이 다가갑니다. 달콤한 로맨틱 코미디 영화를 본 선영은, "현실보다 달콤한 픽션의 세계에 편입하고 싶은 마음이 간절"해 질 뿐이니까요. 그렇기에 소설은 "어떠한 경우에도 우리의 낭만은 지속되어야 했다."는 선영의 다짐으로 끝납니다. 지라르의 가르침에 따르자면, 속물인 주인공이 진실과 대면하여 재탄생하는 '죽음'의 순간이 부재하다는 면에서, 최지애의 「달콤한 픽션」은 위대한 소설은 아닐 겁니다. 그러나 독자는 타인의 인정에 목을 매다가 결국 자기를 상실한 채 '달콤한 픽션' 속의 인물이 되기를 선택한 선영의 모습에서 메타적으로 '죽음'의 순간을 경험하게 됩니다. 그렇기에 최지애의 「달콤한 픽션」은 반어적인 방식으로 스놉의 삶을 형상화한 '위대한 픽션'인지도 모르겠습니다. (2024)

# 히로시마 평화공원에서 생각한 기억의 공유

지난 주말에는 제가 속한 연구팀에서 히로시마를 방문하여, 근대 전환기 문화 유적을 탐방하고, 군국주의 시대 일본군 관련 자료를 수집했습니다. 히로시마라는 단어는 아무래도 우리에게 가장 먼저 원자폭탄을 떠올리게 하는데요. 그럴 수밖에 없는 것이 1945년 8월 6일 오전 8시 15분 히로시마에 떨어진 원자탄 '리틀 보이(little boy)'는 무려 20만여 명의 목숨을 앗아간 전대미문의 비극이었습니다. 히로시마에 도착한 우리 일행이 가장 먼저 향한 곳도, 그날의 '원폭'을 기억하고 추모하는 히로시마 평화기념공원이었는데요. 평화기념자료관, 원폭돔, 추도기념관, 그리고 각종 위령비로 이루어진 평화공원은 무려 12만㎡에 이르는 방대한 규모를 자랑하는 초대형 시설이었습니다.

수많은 구미歐美 관광객들과 곳곳에 설치된 위령비로 가득한 평화공원을 조금만 걸어도, 누구나 핵의 비극과 평화의 소중함을 절실하게 느끼지 않을 수 없을 텐데요. 그렇기에 히로시마 평화공원은 일본인은 물론이고 전 세계인에게 무척이나 소중한 공간임에는 분명합니다. 그럼에도 불구하고 저에게는 이 공간에서 뭔가 석연치 않은 점이 느껴졌습니다. 그것은 히로시마 평화공원이, 원폭이 떨어진 1945년 8월 6일 오전 8시 15분에 멈춰져 있는 듯한 느낌을 주는 것과 관련되는데요. 이 느낌은 평화공원이 그날의 원폭으로 인한 피해와 고통, 그리고 위령에만 초점을 맞추고 있는 것, 또한 피해와 고통이 민족과 국가를 뛰어넘어 충분히 공유되고 있지 못한 것에서 비롯된 것입니다. 이러한 찜찜함은 얼마 전 장혜령의 「당신의 히로시마」(『문학과사회』, 2021년 겨울호)를 읽으며 느꼈던 것이기도 합니다.

「당신의 히로시마」는 히로시마를 방문한 아흔 살의 김정순(金貞順, 일본명 가네모토 테이준)이 자신의 첫사랑인 하라 다미키에게 쓰는 편지 형식으로 되어 있는 서간체 소설입니다. 하라 다미키는 히로시마에서 나고 자랐으며, 원폭으로 인해 가족을 잃고 도쿄로 건너온 소설가입니다. 정순은 하라 다미키와 "평생에 한 번뿐일 사랑"을 나누었는데요. 그러나 그 사랑은 오래 지속되지 못했으며, 존재의 벽을 뛰어넘지도 못했습니다. 이유는 "히로시마에서 살아남았다는 사실" 때문에, "당신은 이제 죽어도 되잖아요. 뭘 더 머뭇거리는 거죠."라는 냉소의 말을 스스로에게 던지고는 했던 하라 다미키가 원폭의 기억에 갇힌 수인(囚人)이기 때문입니다. 하라 다미키는 '나'와 나누는 대화의 말미에 늘, "당신은 이런 나를 이해하지 못할 거야."라는 말을 덧붙이곤 했죠. 결국 히로시마의 상처로 혼자 몸부림치며 괴로워하던 하라 다미키는 자살하고 맙니다. 일본인이 아닌 한국인이었던 정순은 비록 연인이기는 했지만, 하라 다미키를 괴롭힌 원폭의 기억으로부터는 영원한 이방인일 수밖에 없었던 것입니다. 결국 정순은 귀국하여 새로운 삶을 살게 됩니다.

원폭의 기억과 관련하여 정순과 소통하기를 거부하는 하라 다미키의 모습은, 히로시마의 원폭을 다루는 일본의 태도와 닮아 있다는 생각이 듭니다. 많은 사람들이 지적하듯이, 일본은 원폭 피해를 '절대화'하는 경향이 있는데요. 한순간에 수많은 삶이 사라진 원폭 피해는 일본만이 경험했으며, 그때의 끔찍함과 잔인함은 그 어떤 폭력과도 비교가 불가능하다는 입장인 거죠. 이처럼 '원폭의 피해'를 유일한 것으로 절대화하게 되면, 원폭을 둘러싼 수많은 맥락과 타자들이 배제될 수밖에 없습니다. 일테면 원폭 이전의 침략 전쟁으로 수많은 인류가 사망했다는 사실이나, 일본인 이외에도 20개국에 이르는 사람들이 히로시마에서 피폭되었다는 점 등이 충분히 사유될 수 없는 것이죠.

이와 관련해 「당신의 히로시마」에 등장하는 "조선인 박화자"의 존재는 참으로 의미 있게 다가옵니다. 박화자는 히로시마에 살다가 피폭되었으며, 이후 원폭병을 얻고 귀환하여 다른 피폭자들과 함께 합천의 요양소에서 평생을 살아왔습니다. 삶의 끝자락에 이른 박화자는 "히로시마를 한 번은 다시 보고 싶다"며, 아픈 자기 대신 정순을 히로시마에 보내기까지 합니다. 히로시마의 원폭은 하라 다미키와 같은 일본인만을 겨냥한 것이 아니라, 히로시마에 살고 있던 조선인들도 향했던 것입니다. 그렇기에 히로시마는 결코 '하라 다미키의 히로시마', 즉 '당신의 히로시마'일 수만은 없는 거겠죠.

그런데 '당신의 히로시마'는 또 하나의 의미를 지니고 있습니다. 첫 번째 의미가 원폭이 남긴 고통의 기억을 일본인의 것으로만 독점하는 것을 의미했다면, 두 번째 의미는 원폭에 담긴 응보의 의미를 일본인의 것으로만 되돌리는 것을 의미합니다. 이러한 모습은 평생 일본을 미워했던 정순의 아버지가, 히로시마 원폭 소식을 듣고서는 "몹쓸 인간들이 천벌을 받은 게야."라고 중얼거리는 장면에서 드러나죠. 그러나 이 말은 "그 몹쓸 인간들 속에 우리와 같은 조선인들이 있었음"을 충분히 고려하지 못했을 때만 가능한 발언입니다. 실제로 히로시마 전체 피폭자 중 10%가 재일조선인이었으며, 그들의 후손이 여전히 고통받으며 살고 있으니까요.

그렇기에 히로시마는 결코, '당신의 히로시마'일 수는 없으며 히로시마에 살았던 '모든 이들의 히로시마'일 수밖에 없는 것입니다. '당신의 히로시마'를 넘어 '우리의 히로시마'가 될 때, '히로시마의 기억'은 망각의 어둠 속에 사라지지 않고, 모두의 가슴에 남아 평화의 등불이 될 것이라는 기대를 조심스럽게 해봅니다. (2024)

# 일러두기의 마법 같은 힘

지난 5월 5일은 '어린이날'이었습니다. 많은 사람들이 '어린이날' 역시 외국에서 생긴 걸로 알고 있는데요. '어린이날'은 자기 목숨보다 아이들을 사랑했던 소파 방정환이 만든 날입니다. 방정환은 1920년에 '어린이'라는 말도 만들었는데요. 그가 이토록 아이들을 사랑했던 것은, 그가 인내천人乃天 사상의 숭배자였다는 것과 무관하지 않습니다. 인내천 사상은 '모든 인간은 하늘처럼 귀하다.'라는 말로 풀어볼 수 있을 텐데요. 인내천 사상을 가진 사람들은 천대받던 당시 조선의 아이들을 그 누구보다 소중하게 여겼다고 합니다. 손병희의 셋째 사위로 인내천 사상을 숭배했던 방정환은 지구별에 살다 간 사람 중에 가장 아이들을 사랑했던 어른인지도 모릅니다.

갑자기 '어린이날'과 방정환 이야기를 꺼낸 이유는, 오늘 얘기해 보려는 조경란의 「일러두기」(『문장웹진』, 2023년 5월)가 하늘처럼 귀한 인간의 존엄을 떠올리게 하기 때문입니다. 여기 "오십이 다 돼가도록 연락할 친구가 한 명도 없었다"고 고백하는 한 사람이 있습니다. 우엉 전문 반찬 가게를 운영하며, "남편도 자식도 없이" 독신으로 살아가는 미용이 그 주인공인데요. 그녀의 특징은 "소리 없이" 살아가며, "자신의 감정을 한사코 숨기는 데 가진 에너지를 다 써버"린다는 것입니다. 어쩌다 미용은 이런 사람이 되었을까요?

미용은 어머니 뱃속에 있을 때부터 환영받지 못한 생명이었습니다. 미용의 부모는 미성년자였던 시절에 첫아이를 낳은 이후, 미용까지 아이 넷을 2년 터울로 연달아 낳았는데요. 미용이 엄마 뱃속에 있을 때, 큰 언니는 태아였던 미용에게 "너는 계속 그 안에 있으렴, 여긴 거의 지옥이야."라고 속삭이기까지 했습니다. 태어난 후에는 엄마가 "자신에게 일어난 모든 불행의 원인을 미용 탓으로 돌"리는 환경에서 성장했습니다. 이런 상황에서 미용은 "안 보이는 역할"을 자신의 운명으로 받아들였고, 일찌감치 "자신을 완벽하게 희미한 존재로 만"드는데 익숙해졌던 것입니다.

「일러두기」의 상당 부분은 미용이 이 사회에서 얼마나 많은 외로움과 슬픔을 견뎌야 했는지를 보여주고 있습니다. 어묵 공장에서 사귀었던 친구는 빌린 돈을 갚지 않고 사라지는데요. 이때 미용은 떼먹힌 돈 때문이 아니라, "미용의 진가는 우엉 요리에 있다"고 말해주던 "유일한 친구"를 잃었다는 사실에 가슴 아파합니다. 미용은 언니가 낳은 조카를 돌보며 유일하게 가족의 정을 느끼기도 했는데요. 그래서일까요. 미용은 자신의 반찬가게 이름을, 연락조차 되지 않는 조카를 생각하며 '이모 반찬'이라고 짓습니다. 그런 미용이 최근 관심을 갖는 일은 자신의 인생에 관한 글을 쓰는 것입니다. 이 글쓰기를 계기로 하여, 인쇄소 사장 재서와 미용은 인간적 교류를 시작하게 되는군요.

　한국 현대 소설에서 이런 소외받은 여성의 삶은 결코 낯선 것은 아닙니다. 어쩌면 이런 소외받은 이웃의 삶을 세상에 드러내고 그들의 고통을 해결해 보자며 두 팔 걷어 부치고 나서는 것이야말로 한국 문학의 본령에 해당했는지도 모릅니다. 우리는 미용 같은 여성이 글을 쓴다면, 알게 모르게 거기에는 평생에 걸친 외로움과 슬픔이 아로새겨져 있을 거라고 생각하기 쉬운데요. 미용이 재서에게 보여준 「교련 시간」이라는 글은, 미용 같은 이웃에게 우리가 기대해왔던 글의 전형에 해당합니다. 이 글에서 미용은 교련 선생님에게 "단련"이라는 명목으로 폭언을 듣고, 같은 반 친구들로부터도 내팽개치듯이 함부로 다루어지는군요. 이 순간 미용은 "자신이 이 교실에도 속하지 않는 사람"이라고 느낍니다. 이 글 속에서 그녀는 늘 그랬듯이 한없이 약하지만 "가여운 김미용"으로만 존재합니다.

　그런데 「일러두기」에는 반전이 존재합니다. 「교련 시간」이라는 글을 읽은 재서에게, 미용은 자신이 진짜로 쓰고 싶은 글은 「교련 시간」 같은 것이 아니라고 고백합니다. 대신 미용은 자신이 쓰고 싶었던 글은 교련 시간이 시작되기 전에 창밖으로 보았던 복사나무처럼 "기가 막히게 아름다웠던 순간들"이라고 말하는군요. 어쩌면 미용을 「교련 시간」의 '가여운 김미용'으로만 반복적으로 재현하는 것이야말로 '하늘처럼 귀한' 미용의 존재 자체를 부정하는 것인지도 모릅니다. '가여운 김미용'의 반복적 형상화 속에서, 우리는 미용을 근본적인 차원에서 우리와는 다른 '동정과 연민의 대상'으로 격하시키기 때문입니다. 머리로는 미용에게 다가가면서도, 가슴으로는 미용을 밀어내버리는 아이러니한 상황이 연출되는 거죠.

　미용의 글을 읽으며, 어느새 재서는 미용의 '친구'가 되었던 것일까요. 재서는 미용을 '가여운 김미용'이라는 굴레에서 자유롭게 해주고자 합니다. 그 방법은 인쇄소 주인답게 「교련 시간」이라는 글 앞에, 여기에 나오는 "이름과 지명은 모두 지은이가 지어냈다는 말"로 된 "일러두기"를 붙이자는 제안을 하는 겁니다. 여러분도 아시다시피, '일러두기'란 책의 첫머리에 그 책의 내용이나 쓰는 방법 따위에 관한 참고 사항을 설명하는 글을 가리키는데요. 이 간단한 '일러두기'를 통하여 '가여운 김미용'의 삶은 허구로 변하고, 미용에게는 '가엽고, 선하고, 약한' 김미용이 이닌 '하늘만큼 귀하고 소중한 김미용'이 될 가능성이 비로소 개시됩니다. 친구가 한 명도 없었던 김미용에게 이토록 멋진 재서가 생긴 것을 보면, 그리고 그들의 교류가 미용이 쓴 글을 재서가 읽는 것에서 시작되었다는 것을 고려한다면, 조경란의 「일러두기」는 쓰기와 읽기의 위대함을 말하는 소설이기도 하다는 생각이 듭니다. (2024)

# 벌거벗은 인간들

지난 1월 일본에서 방송되어 큰 사회적 논란을 불러일으킨 드라마 「부적절한 것도 정도가 있어!(不適切にもほどがある!)」는 1986년도의 도쿄에서 체육 교사로 일하는 주인공이 타임머신을 타고 2024년에 온다는 내용의 드라마인데요. 1986년도의 감각과 윤리로 살아가는 주인공은 2024년도의 사람들에게 몰지각한 사람으로 손가락질을 당하고는 합니다. 그럴 수밖에 없는 것이 주인공은 1986년도에 그랬던 것처럼, 버스에서 담배를 피우기도 하고 분위기를 띄운답시고 회식 자리에서 음담패설을 주절거리기도 하니까요. 반대로 이 주인공이 보기에 2024년도의 사람들은 이상해 보일 정도로 올바름에 집착하고는 합니다. 장류진의 「라이딩 크루」(『연수』, 창비, 2023)도 「부적절한 것도 정도가 있어!」와 비슷하게 블랙코미디의 방식으로, '공정'에 대한 과도한 집착을 풍자하는 작품입니다.

주인공 '나'는 3개월 전부터 사이클 동호회인 라이딩 크루를 운영하기 시작합니다. "순수한 마음으로 라이딩 그 자체를 온전히 즐길 수 있는 그런 만남, 이른바 '샤방한 라이딩'을 표방하는, 그런 크루를 만들고 싶"다고 내세웠지만, 실제 마음은 그 '샤방한' 의도와는 거리가 멀어도 너무나 머네요. '나'는 신중하게 회원을 가려 뽑는데요, 그 기준은 자신의 연애 사업에 최적화된 모델을 만드는 데 도움이 되느냐의 여부입니다. 현재 '나'는 여성 두 명(안이슬, 서수민)과 배 나오고 머리 벗겨진 남성 두 명(병관이형, 김민우)만을 엄선하여 회원으로 받아들인 상태입니다. '나'는 두 명의 여성 회원 중에도 안이슬에게 많은 관심을 보이는데요.

모든 불행은 과욕에서 비롯되는 걸까요. '나'는 "안이슬보다 더 괜찮은 여 크루가 들어올 가능성" 때문에 신규 크루를 받아들이기로 결정합니다. 그 결과 여성적인 아이디를 사용하며, 귀여운 말투의 문자를 보내고, 사진 속 긴 머리가 매력적인 라이더를 신규 회원으로 받아들이고 마는데요. 곧 이 신규 회원은 남자임이 밝혀지고, 안타깝게도 '나'의 '불행'은 점점 커져만 갑니다.

"이딴 말도 안 되는 말투를 쓰고, 이따위로 대책 없이 장발인 남자"를 여자들이 좋아할 리 없다고 생각한 것과 달리, 신규 회원 최도헌은 매력 덩어리입니다. "명백하게 준수한 얼굴"을 한 최도헌은 모델보다 나은 몸매를 자랑하며, 거기에다 직접 디자인하는 가구 회사의 CEO이기까지 하네요. 심지어 두 번째 라이딩에서는 매력적으로 머리를 자르고 나타나는데요, 왜 머리를 잘랐냐는 회원들의 물음에, 최도헌은 쿨하게 "아, 소아암 환자들에게 기부해서요."라고 대답합니다. 최도헌은 외모, 돈, 사회적 지위는 물론이고, 섬세한 윤리 감각까지 갖춘 완벽한 남자였던 겁니다. 애교까지 갖춘 최도헌에게 반한 안이슬의 입에서 "하 기여……"라는 혀 짧은 소리까지 나오는 단계에 이르자, 결국 '나'는 비장의 승부수를 던지고야 마는데요.

'나'는 베테랑 라이더의 실력으로 최도헌을 눌러 버리고자, 일명 삼 단계 언덕길로 인해 '아이유고개'라 불리는 구간에서 라이더를 하자고 크루들에게 제안을 합니다. '내'가 꿈꿨던 그림은 베테랑인 자신만이 그 험한 언덕길을 오르고, 최도헌은 쩔쩔매다가 안이슬에게 망신만 당하는 것인데요. '아이유고개'에서 라이더가 시작되자, 정반대의 장면이 펼쳐지고 맙니다. 최도헌은 지치지도 않고 언덕을 오르며, 나중에는 '나'를 앞서기까지 하는 겁니다. 결사의 각오로 라이딩에 임했던 '나'는 최도헌의 자전거에 돌까지 던지는데요. 놀라운 사실은 그 돌에 자전거가 넘어지고, 그 바람에 최도헌의 자전거가 전동 자전거였음이 밝혀진다는 점입니다.

이 대목에서부터 이 작품의 본격적인 주제 의식이 드러나는군요. '나'는 최도헌에게 "이렇게 불공정한 건 절대 못 참습니다!"라고 단호하게 주장합니다. 그러자 최도헌과 '나'는 누가 더 (불)공정한가를 놓고 싸우기 시작하는데요. '내'가 모터를 단 것은 모두를 속인 것이라고 따지자, 최도헌은 "크루장님 자전거에 달려 있는 변속 기어도 공정하지 않죠."라고 반격을 하는군요. 거기에 덧보태 '풀 카본 프레임', '카본 휠', '클릿 페달' 등도 공정하지 않다고 문제 제기를 하고, 결국 둘은 평지에서 "공정하게 따릉이"로 대결할 것을 약속합니다.

둘이 약속 장소인 마덕 나들목 진입로 앞에서 따릉이를 타고 나란히 섰을 때, '나'는 최도헌에게 "공정한 경쟁"을 위해서 저지를 벗으라고 말하고, 둘은 '공정'을 위해서 "상탈"까지 하게 됩니다. 그러나 '진정한 공정'을 위해서는 아직도 한참 더 벗어야만 합니다. 이번에는 최도헌이 '나'에게 "공정하지 않은" 밥숏도 벗으라고 말하는군요. 결국 둘은 '공정'을 위해 바지는 물론이고 속옷까지 벗고 맙니다. 작품은 '완벽한 공정'을 위해 "애플워치와 사이클화만"을 착용한 '나'와 최도헌이 따릉이에 올라 힘차게 페달을 밟는 것으로 끝나는데요.

저는 '완벽한 공정'을 위해서라면 애플워치와 사이클화도 벗어야 한다고 생각합니다. 애플워치나 사이클화도 완전히 똑같은 것이 아니라면, 크기나 재질에 따라 경기에 영향을 미칠 수 있을 테니까요. 그러나 애플워치와 사이클화를 벗어 완전한 나체가 되더라도, 그들이 탄 따릉이가 완벽히 똑같은 것이 아니라면 '완벽한 공정'은 여전히 미완성이라고 말할 수 있지 않을까요? 물론 '공정'은 규제적 이념으로라도 우리에게 꼭 필요한 가치겠지만, 잘못된 '공정'에 대한 강박적 집착은 「라이딩 크루」가 보여주듯이 인간을 '벌거벗게 할 수도 있다'는 사실도 한 번쯤은 고려해보면 좋을 것 같습니다. (2024)

# 선생님은 어떻게 단련되는가?

어떠한 공통 규칙도 공유할 수 없는 존재를 일컬어 우리는 타자라고 부릅니다. 예를 들어 우리가 한 번도 가본 적 없는 외국에 처음 가게 된다면, 아마도 그곳의 사람들을 제대로 이해한다는 것은 무척이나 어려운 일일 겁니다. 그곳의 사람들이 농담을 하더라도 우리는 웃을 수 없을 테고, 반대로 우리가 농담을 했다가는 큰 봉변을 당할지도 모릅니다. 이유는 농담을 성립시키는 삶의 규칙이 다르기 때문일 텐데요. 외국인과 어린아이처럼 서로 간에 공통 규칙을 전제하기 어려운 이를 일컬어 타자라고 하며, 타자와의 관계는 비대칭적이라고 할 수 있습니다. 흥미롭게도 가라타니 고진(柄谷行人, 1941~)이라는 일본의 비평가는 비대칭적 관계의 전형적인 예로, 선생님과 학생의 관계, 즉 '가르치고–배우는' 관계를 듭니다. 가르치고 배우는 것이야말로, 동일한 규칙을 전제할 수 없는 타자와의 대화에 해당한다는 것입니다.

김기태의 「보편 교양」(『창작과비평』, 2023년 가을호)은 마흔 살의 고등학교 국어 교사인 곽 선생을 주인공으로 내세운 소설입니다. 곽은 3학년 선택 과목으로 '고전읽기'를 개설하는데요. 곽은 동료들이 난색을 표했던 과목인 '고전읽기'를 맡아, 그야말로 최선을 다해 수업 준비를 합니다. 인류의 지성사와 예술사에서 대표적인 열 권 내외의 도서를 선정하고, 학생들은 자유롭게 도서 한 권을 택해 읽으며, 최종적으로 읽은 책을 인용하여 자신의 주장을 담은 한 편의 글을 쓰는 것으로 수업을 설계하는데요. 열 권의 책을 선정하는 과정에서는 필자의 성별과 인종까지 고려하는 섬세함까지 보여줍니다. 학기를 앞두고는 수강생 한 명 한 명의 개성을 포착하기 위해 노력하고, 고정관념을 갖게 될까 봐 수강생들의 성적도 열람하지 않고 담임교사에게 평판을 묻지도 않습니다. 곽은 "일하고 사랑하고 꿈꾸는 인간이라면 누구에게나 필요한 보편적 교양을 담은 수업"을 위해 이토록 최선을 다했던 겁니다.

　그랬던 것인데, 실제 수업은 곽의 기대와는 딴판이네요. 곽이 교실에 들어서는 시점에 수강생의 절반은 엎드려 자고 있었고, 학생들은 곽의 수업보다는 차라리 오십 분의 숙면을 더 원하는 듯한 자세를 보입니다. 이어폰으로 인터넷 강의를 듣기도 하는데요. 애당초 '고전읽기'는 수능 과목도 아니며 내신 성적에 반영도 안 되기에, 학생들에게는 졸업을 위해 어쩔 수 없이 듣는 과목에 불과했던 겁니다. 상황이 이러함에도 곽은 자신이 기획한 '보편적 교양을 담은 수업'의 효용에 대해 조금도 의심하지 않습니다. 곽은 "고전에 귀를 기울이는 게 장기적으로는 더 뛰어난 성취와 풍요로운 삶으로 이어질 거"라고 확신하는 겁니다.

다행히 은재라는 학생이 곽의 의도에 호응해 줍니다. 은재는 곽의 설명을 경청하고 텍스트를 읽으며 이따금 웃어주기까지 했던 겁니다. 거기다 은재는 철학이나 사회학 전공을 고려하고 있으며, "'열심히 공부하겠습니다'라고 정돈된 글씨체"로 쓴 메모까지 곽에게 건네기도 합니다. 은재로 인하여 곽은 자신의 '고전읽기' 수업이 효과가 있다고 믿습니다. 그러던 와중에 사건이 발생하는데요. 은재가 마르크스의 「자본론」을 읽는다는 이유로, 은재의 아버지가 학교에 민원을 넣은 겁니다. 이 일로 곽은 동료들에게 왕따를 당하고 여러 가지 곤욕을 치르는데요. 이 상황에서도 곽은 "마르크스는 공부할 가치가 있"다고 믿으며, 자신의 '고전읽기' 수업은 아무런 문제가 없다고 자신합니다. 이런 곽의 진심이 통한 걸까요? 민원을 넣은 날로부터 열흘 뒤 은재의 아버지는 "저 때 생각만 하다가 지레 걱정을" 했다며 사과 전화를 걸어오는군요. 곽은 자신의 뜻이 은재를 넘어, 은재의 아버지에게까지 제대로 전달됐다고 믿습니다.

은재는 기말 과제로 "지성"이 담긴 글, 즉 "수업의 목표를 완벽히 달성한 과제물"을 제출하고, 일반 전형으로 서울대에 합격합니다. 이로 인해 곽의 "고전읽기 수업도 재조명"되고, 곽은 성공적인 수업 케이스로 '고전읽기'에 대해 동료 교원들에게 발표까지 하는군요. 곽은 '고전읽기' 수업을 통해 학생에게 말을 건넸고, 그 말은 제대로 전달되었음이 증명된 것입니다. 그렇다면 곽은 비대칭적 관계의 전형적인 예로까지 이야기되는 '가르치고-배우는' 관계에서 대화를 나누는 데 성공한 걸까요? 그러나 이 순간 반전이 시작됩니다.

졸업식 날 교복을 단정히 차려입은 은재가 곽을 찾아오고, 곽은 그때

민원을 넣은 아버지에게 어떻게 말씀을 드린 거냐고 은재에게 묻는군요. 그러자 은재는 "컨설턴트 선생님이 아버지께 전화드렸어요. 마르크스 전혀 문제없고 고전읽기 수업도 괜찮다고. 아버지도 좀 물어보고 전화를 하시지."라고 대답합니다. 이 순간 곽은 자신의 '고전읽기' 수업이 '대화'에 실패했음을 깨닫습니다.

그렇기에 곽은 "자신의 패착"을 검토하고, 최종적으로 "나는 「자본론」을 제대로 읽지도 않고 수업을 했다."는 결론에 도달하는데요. 이때의 「자본론」은 아마도 토대결정론을 담고 있는 「자본론」일 겁니다. 사회적 환경과 조건의 변화 없이, 개인의 의지만으로 타자와의 대화에 성공한다는 것은 사실상 불가능하니까요. 곽은 자신이 수업을 통해 대화를 나눈다고 생각했지만, 그것은 대화(dialogue)가 아닌 독백(monologue)에 불과했던 겁니다. 목숨을 건 도약을 통해서만 가능한 타자와의 대화는 한 학기 수업만으로는 아마도 불가능했던 모양입니다. 지금 이 순간도 어딘가에서 진정한 대화를 위해 목숨을 건 도약을 하고 있는 이 세상의 모든 선생님과 학생들에게 박수를 보냅니다. (2024)

# 사라진 아시바를 위하여

지혜의 「볼트」(『북명 너머에서』, 아시아, 2024)에는 요즘 거의 쓰지 않는 단어인 '아시바'가 나옵니다. 20년 만에 삼촌을 만나러 교외의 공장에 갔을때, '나'는 공장 한가운데 복층 오피스텔의 내부 같기도 한 은색 기둥과그 중간에 가로로 설치된 판자를 발견하는데요. 그것이 뭐냐는 '나'의 물음에 삼촌은 담담하게 "아시바"라고 대답합니다. '아시바(あしば, 足場)'란높은 곳에서 작업할 때, 재료 운반이나 위험물 낙하 방지 등을 위해 임시로 설치하는 지지대를 가리키는 공사판 용어지요. 표준어로는 비계飛階라고 써야 할 아시바는, 임시로 설치한 가설물로써 진짜 건물이 완성된 후에는 흔적도 없이 사라져야만 하는 슬픈 운명을 지니고 있습니다.

그리고 보면, 이 세상에는 폼나고 멋진 현재를 만들어 놓고는, 흔적도없이 사라져 간 과거의 것들이 너무나도 많은 것 같습니다. 어쩌면 지금존재하는 모든 것들은, 예외 없이 자신만의 아시바를 거느리고 있는 것인지도 모르겠습니다. 「볼트」라는 작품뿐만 아니라 지혜의 소설집 『북명 너머에서』를 가득 채우고 있는 것들은, 분명 어딘가에 존재했지만 이제는 사라져 간 '아시바들'입니다. 그것은 특정한 삶이나 인간일 수도 있고, 사건일 수도 있으며, 때론 어떤 정념이나 감정인 경우도 있는데요. 여기서 주목할 것은 보통 '아시바'와 같은 일본풍 단어를 2024년의 소설집에서 만난다면 이질감이 들만도 할 텐데, 신기하게도 지혜의 소설에서는 그러한 위화감이 들지 않는다는 점입니다. 오히려 그것은 묘하고 개성적인 미학적 자질로서 독자에게 다가오고는 하는데요. 이것은 전적으로 지혜의 문학적 자질에서 비롯된 것이라고 할 수 있겠죠.

「볼트」의 '나'는 국도변 "산을 가로지르는 국도 근처"의 조립식 공장에 사는 삼촌을 찾아갑니다. 삼촌은 '내'가 태어나던 해에 한국을 떠난 이후, 일본, 중국, 호주, 아프리카, 다시 일본을 전전했습니다. 삼촌은 "돈 때문"에 한국을 떠나 "오랫동안 불법 체류자로 외국을 떠돌"아야만 했던 것인데요. 이유가 분명하게 드러나지는 않지만, 삼촌은 가족을 위해 그런 험난한 삶을 감내해야 했음이 암시적으로 드러납니다. 엄마는 삼촌이 보낸 편지 봉투에서 지폐를 꺼내며 "그래도 삼촌 덕분에 우리가 이렇게 잘 살고 있는 거다."라고 말하고는 했던 겁니다. '나'는 오랜 시간이 지난 지금도, 아파트 베란다에 있던 삼촌이 보낸 "어린이용 전자 피아노"를 기억하고 있네요. 삼촌은 가족을 지탱하는, 조금 거창하게 말하자면 사회를 지탱하는 "볼트"였던 것입니다.

삼촌은 나름 가족을 위해 헌신했던 것인데, 오랜 시간이 지난 지금도 그 책임은 없어지지 않네요. 수십 년 만에 돌아온 삼촌을 향해, '나'의 가족은 "삼촌이 돌아왔으니 제사할 사람이 생겼다"라며 좋아합니다. 20년 만에 만난 조카인 '나'에게도 삼촌은 또 돈을 주는군요. 삼촌은 과거에도 보이지 않는 '아시바'로서 가족들의 삶을 지탱했다면, 현재에도 외딴 교외에서 보이지 않는 '아시바'로서 살아가고 있는 것입니다. 「볼트」에서 일본식 이름을 가진 개들을 기르며 조용히 살아가는 삼촌의 존재감은 거의 느껴지지 않는데요, 이러한 투명함은 삼촌에게 별다른 욕망이 없기 때문이기도 하지만, 동시에 삼촌이 이 사회에서 아무런 인정을 받지 못하기 때문이기도 합니다.

삼촌이 '나'에게 아시바를 가리키며 "꼭 나 같지 않나"라고 말하는 걸 보면, 스스로도 자신의 존재 상태를 정확히 아는 것처럼 보이는군요. '나' 역시 그런 삼촌의 팔을 "아시바처럼 가늘고 단단한 팔"에 비유하기도 합니다. 삼촌은 찬란한 '오늘의 가족'을 위해 자신을 희생하며 존재감 없이 외진 곳에서 조용히 소멸해 가는 자타공인 '아시바'였던 겁니다.

'나'는 한 번도 삼촌에게 고맙다거나 고생하셨다거나 하는 식의 말은 하지 않습니다. 대신 젊어서는 보이지 않는 곳에서 가족들을 위해 헌신했고, 지금은 사람들이 쉽게 찾아올 수도 없는 곳에서 조용히 소멸해가는 삼촌을 보면서 무언가를 깨닫게 됩니다. 그렇기에 '나'는 이전이라면 존재조차 몰랐을 아시바를 인지하기 시작합니다. 고속도로 휴게소 주차장 너머 공터에는 새 건물을 짓는 공사가 한창이고, '나'는 이전이라면 그냥 지나쳤을, "건물을 가린 가림막 너머 뼈대 같은 철근, 아시바들"을 발견하고서는 한참이나 쳐다보는 것입니다. 아마도 '나'는 공사판의 아시바를 발견하는 것을 넘어서, 찬란한 '오늘의 우리'를 만들고서는 조용히 사라졌거나 혹은 조용히 사라져 가는 '아시바'들을 비로소 인지하게 된 것이 겠죠. 어쩌면 '나'는 이제야 비로소 어른이 된 건지도 모르겠습니다.

이처럼 지혜는 이전에 분명 존재했지만 이제는 사라진 것들을 집요할 정도로 조용하게 현재의 시간 속으로 불러들입니다. '아시바'에 대한 집착이란, 말할 것도 없이 사라진 것에 대한 회한이라는 점에서 일종의 향수입니다. 미국의 문학평론가이자 철학자인 프레드릭 제임슨(Fredric Jameson, 1934-2024)은 향수가 현재 경험을 재현하는 것이 점점 불가능하게 되어 가는 포스트모던한 시대 상황의 산물이라고 주장하기도 했습니다. 물론 프레드릭 제임슨의 말도 경청할 필요가 있겠지만, 지혜의 소설에서는 현재에 대한 무력감보다는 사라져 간 존재에 대한 경애의 마음이 더욱 진하게 느껴집니다. 지혜의 「볼트」가 따뜻하게 느껴진다면, 그 이유는 아마도 지구별에 왔다가 무언가를 남기고 소리 없이 사라져 간 모든 '아시바들'에 대한 경애의 마음 때문일 겁니다. (2024)

# 같음과 다름의 고차 방정식

1996년 등단한 이래, 서성란만큼 한국 사회의 약자들에 대해 지속적인 관심을 기울인 작가도 드물 겁니다. 그녀가 심혈을 기울여 그려낸 약자들의 목록에는, 결혼이주여성, 장애인, 이주노동자, 죽음을 앞둔 노인, 병든 사람들, 가망 없는 작가 지망생 등이 포함되는데요. 이러한 약자들에 대한 형상화는 근대 소설의 본령에 해당하는 것으로서, 그 문학적 가치는 아무리 강조해도 모자라지 않습니다. 다만 약자들에 대한 반복적인 형상화가 가진 문제도 생각해볼 수 있을 텐데요, 그것은 약자들이 겪는 고통에만 주목하면 할수록 그들이 지닌 약함과 다름에만 함몰될 수도 있다는 것입니다. 이러한 과정이 반복되면, 머리로는 약자들을 받아들여야 한다고 생각하면서도, 가슴으로는 약자들을 우리와는 다른 '진짜 타자'로 받아들이게 되는 문제가 발생할 수도 있습니다.

서성란은 약자에 대한 재현이 지닌 문제점에 민감하게 반응한 작가 중의 하나이기도 합니다. 서성란의 출세작 「파프리카」(2007)에서 결혼이주여성 츄옌은, 발음하기 어렵다는 이유로 츄옌 대신 수연으로 불리는데요. 남편 중일에게 츄옌은 오직 성적인 대상일 뿐이며, 시어머니는 츄옌을 거의 학대하는 수준입니다. 여기까지라면 「파프리카」도 약자의 고통에만 주목하는 전형적인 사례의 하나에 머물 텐데요. 「파프리카」에는 놀라운 반전이 준비되어 있습니다. 고단한 삶 속에서 츄옌은 시내의 군인 목욕탕에서 일하는 나상일 일병에게 매력을 느끼는 겁니다. 나 일병은 츄옌에게 "어느 나라에서 왔는지 호기심과 비웃음을 띤 얼굴로 묻지 않았"고, "다른 손님들에게 하듯 깍듯이 인사"를 해온 한국인입니다. 「파프리카」는 츄옌이 자신의 손에 들어온 초록색 파프리카 한 개를 씨앗조차 남기지 않고 전부 씹어 삼키는 것으로 끝나는데요. 이러한 모습 속에는 츄옌이 한국 사회의 약자이기 이전에, 욕망과 의지를 지닌 평범한 인간이라는 사실이 선명하게 아로새겨져 있습니다.

서성란이 최근 발표한 「피아라 식당의 손님」(『내가 아직 조금 남아 있을 때』, 강, 2024)도 네팔에서 온 이주노동자의 삶을 그린 작품입니다. 네팔에서 온 버랄은 네 개의 손가락이 프레스에 잘린 채 한국 사회에서 살아가고 있습니다. 서성란은 이 작품에서도 버랄의 '고통'에만 주목해 그를 타자로 고정시키는 표상의 폭력에 머물지는 않는군요. 작가는 '버랄=경섭', '버랄=영석', '버랄=지하철 기관사'와 같은 다양한 유사성의 회로를 창출함으로써, 버랄도 우리와 같은 인간으로 바라보게끔 만듭니다.

먼저 버랄과 평범한 한국의 중년 가장 경섭이 동일시됩니다. 버랄이 한국에서 돈을 모아 고향으로 돌아가 어머니와 함께 '피아라 식당'을 개업

하는 희망을 가졌던 것처럼, 경섭도 고향의 바다를 떠나 도시로 오면 새로운 운명이 펼쳐지리라 기대했었으니까요. 또한 버랄이 프레스에 네 개의 손가락을 잃고도 고향으로 돌아가지 못하는 것처럼, 공장에서 일만 해 온 경섭은 공장이 부도나는 바람에 일자리를 잃고, 믿었던 고향 선배에게 사기까지 당해 거리를 방황하고 있네요. 돈을 떼이고 일자리까지 잃고 난 뒤로 경섭은 "불법 체류자가 되기라도 한 듯 하루하루가 불안"해졌으며, "출입국 관리소 단속에 걸릴까 두려워하는 외국인 청년들의 심정"을 비로소 이해하게 됩니다.

경섭의 아내에게 버랄은 자신의 아들인 영석과 동일시되는군요. 아내는 네팔, 인도, 방글라데시, 베트남에서 온 청년들을 상대로 한 식당을 경영합니다. 현재 경섭 부부의 아들 영석은 네팔로 떠나 그곳에서 한국인이 경영하는 음식점에 취직해 있는데요. "아내가 유독 버랄을 챙기는 까닭이 영석이를 향한 미련을 버리지 못해서"라는 말에서 알 수 있듯이, 아내는 '네팔에서 온 버랄'을 '네팔에서 일하는 영석'과 동일시하고 있는 겁니다. 강제 단속이 아니더라도 공장에서 일하다가 다치고 불구가 되어 고향으로 돌아가는 노동자들을 수없이 봐왔던 아내는, 영석의 안녕을 비는 마음으

로 "버랄이 다치거나 추방당하지 않고 무사히 고향으로 돌아갈 수 있기를 기도"합니다. 또한 「피아라 식당의 손님」에서는 지하철 선로로 뛰어들어 죽은 지하철 기관사와 외국인 노동자가 동일시되는 모습도 나타나는군요.

그러나 이주노동자와 한국인의 유사성만 주장한다면, 그것은 하나의 낭만적 허위에 머물 수도 있습니다. 서성란은 이러한 측면 역시 놓치지 않는데요. 작품에는 지하철 선로에 뛰어들어 자살한 외국인은 "자신이 누구인지 증명해 줄 신분증"이 없어 "유령"이 될 수밖에 없지만, 경섭의 주머니에는 설령 자신이 주검으로 발견되더라도 "자신이 누구인지 증명해 줄 신분증"이 있다는 언급이 나옵니다. 또한 경섭의 아들 영석은 네팔에서 일한다고 해도, 외국인 청년들과는 다르게 "월급을 받으면 최소한의 생활비를 제하고 몽땅 고향에 있는 부모 형제에게 보내야 하는 고달픈 신세가 아니"며, "강제 단속에 마음 졸이고 몸이 아파도 작업장으로 출근해야 하는 불법 외국인 노동자가 아니"었던 겁니다. 그렇기에 영석은 원한다면 언제라도 돌아올 수 있는 "자유인"입니다.

이처럼 이주노동자와 한국인은 분명 같지만, 분명 다르기도 합니다. 둘 사이에 존재하는 '같음과 다름' 혹은 '다름과 같음'이 충분히 사유될 때만, 이주민과의 공존은 가능해질 텐데요. 작품은 버랄이 운영하는 식당에서 '지하철 기관사'와 '외국인' 그리고 경섭이 함께 카레를 먹는 환상적인 장면으로 끝납니다. 우애와 평화로 가득한 만찬 장면이 환상으로 처리될 수밖에 없는 것은, 진정한 공존을 향해 나아가야 할 길이 아직도 멀다는 것을 의미하는 것은 아닌지 모르겠습니다. (2024)

# 새로운 혁명이 궁금한 당신에게

가족은 에고의 확장에 불과하며, 배타적이고 폐쇄적인 사적 영역이라고만 바라보기 쉬운데요. 실제로 이상 세계를 꿈꾼 많은 사람들은 가족을 부정했습니다. 대표적으로 플라톤은 「국가」에서 이상 사회의 수호자들은 공공적으로 존재하기 위해서 가족을 부정해야 한다고 주장했지요. 소련의 공산주의자들은 혁명이 가족의 부정으로부터 시작된다고 말하며, 혁명이후 노동자가 가정에 머무는 시간을 최소화하는 방향으로 집을 설계하기도 했습니다. 그러나 과연 가족과 사회, 혹은 사적 영역과 공적 영역은 그렇게 선명하게 구분되는 걸까요?

이와 관련해 인류학자 엠마누엘 토드(Emmanuel Todd, 1951-)의 주장은 주목할 만합니다. 토드는 공산주의뿐만 아니라 다른 정치사상도 특정한 가족 형태에 바탕해 있다고 주장했는데요. 대표적으로 프랑스 혁명의 이념은 파리 분지에서 지배적이었던 '평등주의 핵가족'과 분리할 수 없다고 합니다. '평등주의 핵가족'이란 부모 자식과의 사이에 속박이 없는 핵가족의 성격을 유지하면서도, 형제 간의 재산 평등은 중시하는 가족 형태를 말합니다. 자유와 평등이라는 프랑스 혁명의 이념은, 바로 이러한 '평등주의 핵가족'에서 탄생했다는 거죠. 한편 오늘날 지성계를 풍미하는 리버럴리즘은 영국의 '절대적 핵가족'에서 탄생했다고 하는데요. '절대적 핵가족'이란 부모와 자식 간에도 속박이 없을 뿐만 아니라 형제 간의 재산 평등에도 관심이 없는 가족제도를 말합니다. 이러한 가족 형태야말로 오늘날 유행하는 리버럴리즘(개인주의와 자유주의의 결합)의 기본 토양이라는 겁니다.

만약 토드의 말이 진실이라면, 인간이란 가족을 모델로 삼아 인간관계를 만들 수밖에 없는 존재이며, 우리가 가족을 부정하고 새로운 세상을 만든다는 것은 하나의 환상인지도 모릅니다. 오늘 이야기하려는 예소연의 「그 개와 혁명」(『문장웹진』, 2024년 1월)은 가족의 변화를 통한 새로운 혁명의 가능성을 성찰케 하는 작품입니다.

세계를 변혁하기 위해 노력했던 혁명가들이 있습니다. "북조선의 지령"을 받고 러시아로 떠났던 '성식이 형'이나 "민주 85"로서 머리핀 공장에 위장 취업했던 '태수 씨' 같은 사람들이 여기에 해당하는데요. 이들이 꿈꾸던 혁명이란 "우리는 투쟁을 해야 한다. 자본의 배를 불리는 식으로는 사회가 올바르게 굴러가지 않는다."와 같은 메시지와 관련된 것입니다. 그런데 수민 역시 그러한 현실을 모르는 건 아닙니다. 고삼녀("고학력자 삼십 대여성의 줄임말")인 수민은 저임금에 시달리며, 이전 직장에서는 외근이랍시고 나가 사장의 아이들과 놀아주는 일을 하기도 했으니까요. 수민은 어릴 때부터 '태수 씨'에게서 틈만 나면 "노동의 가치가 어떠니, 시장 경제가 어떠니," 하는 소리를 듣고 자란 혁명의 영재이기도 합니다. 그런데 수민이 꿈꾸는 혁명은 아버지인 '태수 씨'나 '성식이 형'이 꿈꾸던 혁명과는 그 결이 다릅니다. 혁명의 핵심은 바로 '태수 씨'의 장례식에서 딸인 자신이 상주를 맡는 거니까요.

수민이 계획한 혁명에 대한 저항도 만만치 않습니다. 고모는 수민에게 "나서지 말라"며, 사촌동생인 "희준에게 모든 걸 맡기라"고 말합니다. 그러나 수민은 "누구보다 태수 씨를 잘 알고 사랑했던 맏딸"이 엄연히 있는데, "사촌동생이 남자라는 이유로 상주 노릇을 해야 한다는 것은 터무니없는 말"이라 생각합니다. 그렇기에 "사촌동생인 희준의 어깨를 밀며 쫓아"내면서까지 상주의 자리를 완강하게 사수해 냅니다. 그러나 수민이 뻔히 상주 자리를 지키는 와중에도, 몇몇 노인은 "태수 씨가 아들이 없어 안타깝다는 소리"를 주절거리기도 하는군요. 그러나 이에 흔들릴 혁명가 수민이 아닙니다. 수민은 죽음을 앞둔 '태수 씨'와의 대화에서도, "태수 씨, 내가 상주지? 응. 내가 상주야? 응. 누가? 수민이가, 우리 수민이가……." 라는 대화를 나눌 정도로, 강철 같은 의지를 벼려왔으니까요.

지금까지 우리가 경험한 가족 형태는 모두 남성중심적인 것이었습니다. 그렇기에 상주는 남자만 맡을 수 있었을 텐데요. 서른 살의 민주는 가족 형태의 본질이 압축된 장례식에서, 여성도 당당한 주체가 되는 새로운 가족 형태를 시도하고 있는 겁니다. 만약 모든 정치사상이 특정 가족 형태에서 비롯된다면, 이 장례식장은 인류사의 새로운 장을 여는 역사적 순간일 수도 있는데요. 그러고 보면 수민은 아빠를 꼭 '태수 씨'라고 불러왔습니다. 이것은 남자이자 가장인 아빠 역시 자신과 대등한 인간으로 바라보겠다는 수민의 강렬한 의지에서 비롯된 것은 아닌지 모르겠습니다.

정확하게 말하자면 수민과 '태수 씨'는 대등한 것이 아니라, 오히려 수민이 '태수 씨'를 일깨워주는 관계였네요. 한때 혁명을 꿈꾸었던 민주 '태수 씨'지만, 일상에서는 혁명과 거리가 멀었습니다. "유연한 노동 문제에 대해 비판하면서도 불가산 노동인 가사 노동에 대해서는 일언반구도 하지 않"는 식이었던 겁니다. 그러나 죽음을 앞두고 수민과 많은 대화를 나누며, 어느새 '태수 씨'는 수민이 "상주를 할 수 없는 제도가 몹시 못마땅하다"고 말하는 사람으로 다시 태어났던 거네요.

그런데 이 새로운 '혁명'은 아직 끝나지 않았습니다. 여자도 장례식의 상주가 될 수 있는 세상, 말하자면 이 세상의 모든 영역에서 여성도 당당한 주체가 되는 세상을 만드는 것에서 멈추지 않는 겁니다. 작품은 15킬로그램이 넘는 진돗개 유자가 장례식장에 조문객으로 등장하여, 장례식장이 "말 그대로 난장판이 되"는 것으로 끝납니다. 작가는 우리가 마주해야 할 새로운 세상의 주인공에는 동물도 포함되어야 한다고 생각하는 것은 아닐까요? 예소연의 「그 개와 혁명」은 달콤한 유머의 포장 속에 새로운 세상을 향한 고민을 담아낸 오랜만에 만나 보는 수작입니다. (2024)

# 고국과 조국이 다른 사람들

전춘화는 작년에 소설집 『야버즈』(호밀밭, 2023)를 발표하며, 그야말로 혜성처럼 나타난 작가입니다. 야버즈는 '오리의 목'이라는 의미의 중국어인데요, 『야버즈』에 수록된 소설들은 거의 모두 중국 동포 이야기입니다. 전춘화 본인이 길림성 화룡시에서 태어나 연변대학교 조문학부를 졸업한 중국 동포이기도 한데요. 20대 중반까지는 중국 연변에 살면서 한글로 소설을 썼던 그녀는 2011년에 한국에 온 이후로, 서울에 거주하며 창작을 이어가고 있습니다. 오늘 이야기하려는 전춘화의 「여기는 서울」(『창작과비평』, 2024년 봄호)은 중국 동포 영화가 서울에 처음 짐을 풀었을 때의 모습을, "아버지가 넘겨준 바통을 들고 이어달리기를 하는 것"처럼 숨이 차올랐다고 묘사하는 것으로 시작됩니다. 이 대목에서도 드러나듯이, 이 작품은 아버지 세대에 이은 중국 동포 2세의 삶을 그리고 있습니다.

중국 동포가 한국 사회에 등장한 지도 어느새 30년이 훌쩍 넘어가고 있는데요. 1992년 한중 수교 이후 한국 사회에 나타난 중국 동포들은 '조선족'이라는 부당한 명칭이 보여주듯이, 이질적인 타자로서 한국 사회의 한 축을 담당해왔습니다. 때로는 노동자로, 때로는 가정주부로 사회적 재생산의 위기에 빠진 한국 사회의 구원 투수 역할을 해왔던 겁니다. 그동안의 한국 소설에서도 중국 동포들은 주로 험악한 일만 하는 '조선족'으로서의 역할에만 충실했던 건데요. 이러한 모습은 「여기는 서울」에 나오는 "1990년대 연변의 어느 시골 초가집 온돌방에 앉아 오열하는 40대 조선족 부부의 모습"에 압축되어 있습니다.

그랬던 것인데, 시간의 흐름에 따라 이제는 중국 동포 2세가 "아버지가 넘겨준 바통을 들고" 서울 한복판에서 새로운 삶을 시작한 겁니다. 스물다섯의 영화를 통해, 작가는 전형화된 기존의 '조선족' 표상과는 다른 새로운 중국 동포의 모습을 보여주고 있습니다. 시민 단체 간사로 생활하며 대학원에 다니는 영화는, 한국인 친구로부터 "넌 졸업하면 최종 학력이 서울 소재 대학원에 중국어도 유창하고 아르바이트도 사무직이니 이 정도면 한국 청년들이 오히려 부러워할 것 같다"는 "뼈있는 말"을 들을 정도니까요. 「여기는 서울」에 등장하는 영화는 더 이상 "먹고 사는 문제"에만 골몰하던 고통받는 타자로서의 '조선족'이 아닌 겁니다.

그러나 「여기는 서울」이 중국 동포 정체성과 관련해 보여주는 가장 놀라운 새로움은, 그들에게 고국(故國, 남의 나라에 있는 사람이 자신의 조상 때부터 살던 나라를 이르는 말)은 한반도에 있지만, 그들의 조국(祖國, 자기의 국적이 속하여 있는 나라)은 중국이라는 사실입니다. 중국 동포는 분명 '동포'이지만, 동시에 '중국인'이기도 한 건데요.

이 작품에서 중국 동포는 우리 민족의 시원적 공산에 사는 성스러운 한 민족과는 조금 거리가 있습니다. 시민 단체 면접에서 영화는 "혹시 증조부나 증조모의 이주사에 대해 구체적으로 알고 있나요?"라는 질문을 받는데, 영화는 제대로 된 답을 하지 못합니다. 사실 영화는 이런 류의 질문을 한 번도 들어본 적이 없으며, 오히려 "조선족들이 가장 약한 부분이 민족사나 가족 이주사에 대한 질문"이라고 답변을 할 뿐이네요. 실제로 영화는 "학교에서 민족 역사를 배운 적이 없"으며, 집에서도 아버지는 자신들이 "남부여대의 후손일 뿐이라고 일축"했던 겁니다. 그렇기에 영화는 시민 단체 면접에서 "왜 우리 민족 서로 돕기의 오랜 역사를 가진 시민 단체에서 일할 생각을 하게 되었냐"는 질문을 받고서, "여기는…… 서울이니깐요."라고 대답을 할 수 있는 거겠죠. 영화에게는 나고 자란 연변이 아닌 서울이야말로 오히려 민족을 떠올리게 하는 성소인 겁니다.

이러한 영화의 모습은 지금의 중국 정치 상황과 떼어서 생각할 수 없는데요. 오늘날 중국이 "소수 민족 동화 정책을 펼치"는 상황에서 "민족 역사와 이주사를 언급하는 건 소수 민족의 생존에 불리"한 일일 뿐입니다. 그렇기에 영화는 옛날 동포들이 겪은 참상에 대한 이야기를 "할아버지에게서든 아버지에게서든 어떤 어르신에게서도 들어본 적이 없었"던 겁니다. 시청 공무원인 아버지가 영화를 서울로 떠밀어 보내다시피 한 이유도, "민족교육이 곧 사라진다는 소식을 공문으로 확인"했기 때문입니다.

고국과 조국이 다르기에, 영화는 경계 위에 선 자의 소외에서 결코 벗어날 수 없습니다. 영화에게 단 한가지 확실한 것이 있다면, "아버지도 저도 국가의 역사에 일말의 감정이입을 하지 않고 방관만 하며 주체적이지

않은 인민의 삶을 성실히 영위해 나가는 사람들"이라는 점입니다. 영화를 비롯한 중국 동포들은 "언제나 시대정신과 정치가 우리와 무관한 것처럼 굴어야만" 했고, "주어진 삶을 침묵하며 묵묵히 사는 일이 도덕인 줄로 알"며 살아야만 하는 겁니다. 고국과 조국이 다르기에, 영화는 어릴 때부터 사회의 주류가 될 수 없다는 걸 당연하게 받아들이며 살아야만 했던 건데요. 이것은 결코 쉬운 일도 아니며 더더군다나 인간다운 삶은 아닐 겁니다. 전춘화가 서울에 와서까지 천형이라고까지 일컬어지는 작가의 길을 계속 걷는 이유도, 어쩌면 고국과 조국이 다르기에 받아들여야만 하는 소외와 고통에 맞서는 유일한 길이 글쓰기에 있기 때문인지도 모르겠습니다. (2024)

# 불가사의한 기억의 힘

  '나'라는 인간의 고유성을 증명하는 것은 무엇일까요? 명함에 새겨진 직장과 직위일까요? 살고 있는 동네의 이름과 아파트 평수일까요? 이런 의문이 들 때면 생각나는 영화가 하나 있습니다. 리들리 스콧 감독의 영화 「블레이드 러너Blade Runner」(1982)가 그것인데요. 암울한 미래 사회를 배경으로 한, 이 영화에서 안드로이드(인간의 모습을 한 로봇)인 리플리컨트는 모든 면에서 인간을 초월하는 존재입니다. 그럼에도 리플리컨트들은 인간이 개척한 다른 행성에서 노예로 살아가는데요. 결국 리플리컨트는 반란을 일으키고, 이에 대한 처벌로 리플리컨트는 지구에 거주하는 것이 금지됩니다. 그런데도 리플리컨트는 속속 지구로 잠입하고, 이에 맞서 인간들은 '블레이드 러너'라는 특별 조직을 만들어, 리플리컨트를 찾아내 죽입니다. 그렇다면 인간보다 더욱 인간다운 리플리컨트를 어떻게 인간과 구별할 수 있을까요? 그 구분법으로 만들어낸 것이 바로 보이트—

캄프 테스트로서, 이것은 모든 면에서 인간보다 더욱 인간다운 리플리컨트지만, 그들이 '유년에 대한 기억'만은 가지지 못했다는 것에 착안한 테스트입니다. 영화 「블레이드 러너」에 따르자면, 인간을 인간으로서 존재케 하는 최종 심급은 다름아닌 '기억'이었던 것입니다.

재일 한국인 2세 정의신의 「불가사의한 공간」(『소설 도쿄』, 아르띠잔, 2019) 역시 개인을 규정하는 최종 심급으로서의 '기억'에 대해 말하고 있는 작품입니다. 이 작품에 등장하는 기억은 다름 아닌 '한국적인 에스니시티(ethnicity 종족•민족)'와 관련된 건데요. 주인공 '나'는 "마흔이 넘은 독신으로서, 피곤함에 절어 밤새 원고를 쓰고 지칠 대로 지친 위장 속에 편의점 슈크림 따위를 쑤셔 넣는" 생활에 익숙한 현대인입니다. '나'는 메트로폴리탄 도쿄에서 하루하루 버텨나가는 것에 전심전력할 뿐, 모국이나 민족과 같은 것에 신경 쓸 여유는 전혀 없는 생활을 이어갑니다.

그러나 때로는 우리가 기억을 불러오는 것이 아니라, 기억이 우리를 찾아오기도 하는 법이죠. 특히나 우리를 찾아오는 기억은 존재의 중핵에 맞닿아 있을 만큼 치명적인 경우가 대부분인데요, '나'도 그런 기억과 조우하는 날을 맞이하고야 맙니다. 그날도 '나'는 밤새 글을 쓰고 편의점에 들러 스포니치(도쿄의 유명 스포츠 신문)와 슈크림을 사서 집으로 돌아가던 길이었습니다. 연이은 밤샘의 영향 때문이었을까요. '나'는 매일 다니던 길을 잃어버리고, '귀 파주는 가게'를 발견하며, 알 수 없는 힘에 이끌려 그곳에 들어갑니다. 그곳에서 '나'를 찾아온 기억의 핵심에는, 할머니가 눈물을 흘리며 해주던 유년의 이야기와 옆집 누나가 사줬던 '핫케이크'가 있네요.

고철상을 하던 '나'의 부모는 너무나 바빴기에, 어린 '나'는 할머니와 단

둘이 언덕 위의 동네에서 살았는데요. 가난한 동네 사람들은 밭을 일구고 돼지를 키우며, "옛 생활을 굳건히 지키면서 살"아 갔습니다. 작품에는 '한국'이나 '조선'과 같은 말은 단 한 번도 나오지 않지만, 독자라면 누구나 이곳이 재일 한국인 마을임을 알 수 있습니다. 작품에는 마을 사람들이 "제사를 지내기 위해 맛있는 음식을 늘어놓고는 큰절을 올렸"다든가, 할머니가 자신이 어린 시절을 보낸 "바다 저편"의 이야기를 들려주고는 했다는 문장이 등장하니까요.

'나'를 찾아온 또 하나의 기억은 옆집 누나에 대한 것입니다. 누나는 아버지와 단둘이 살았는데요, 누나의 아버지는 재일한인문학에 자주 등장하던, '폭력적 아버지'의 모습 그대로입니다. 아버지는 딸이 시집을 안 간다는 이유로 매일 술에 취해 딸을 윽박지르고, 살림을 부수며, 그래도 분이 안 풀리면 거리로 뛰쳐나와 욕지거리를 내뱉고는 했던 겁니다. 그러던 중 옆집 누나가 시집을 간다는 소문이 퍼지고, 가난한 옆집 누나는 어린 '나'를 "'에덴'이라는 유리문 달린 다방"으로 데려가 "시럽이 듬뿍 뿌려진 핫케이크"를 사줍니다. 삐뚤삐뚤한 덧니를 활짝 드러내며 "맛있어?"라고 묻는 누나에게 '나'는 몇 번이나 고개를 끄덕이지만, 곧 누나는 어깨를 들썩이며 눈물을 흘리는군요. 아마도 누나는 아버지의 괴롭힘으로 원치 않는 결혼을 하게 됐던 모양입니다. 아직 "서른이 넘은 여자를 위로할 수 있는 어떠한 말도, 방법도 알지 못했"던 '나'는 가슴이 무너질 것 같은 슬픔만 느낄 뿐입니다. 안타깝게도 이후 누나는 결혼에 두 번이나 실패하고 결국 우물에 몸을 던지고 마는군요.

어린 '나'는 할머니의 이야기를 들으며 잠이 들고, 박치기왕 오오키 긴타로(김일이 일본에서 쓰던 이름)를 닮은 옆집 누나가 사준 핫케이크를 맛있게 먹었으면서도, 늘 그 동네를 떠나고 싶어 했습니다. 밭에 거름을 뿌리는 일도, 돼지의 울음소리도, 좀처럼 변하지 않는 생활도, "따분하고 끔찍"하기만 했던 겁니다. 다행인지 불행인지 그 소망은 수십 년이 지난 지금 완벽하게 이뤄집니다. 그러나 '나'는 수시로 그 동네와 그 시절이 "사무치게 그립게 느껴지는 날"을 맞이하고는 하네요. 정체성의 중핵을 구성하는 기억은, '내'가 불러오는 것이 아니라 '나'를 찾아오는 불가사의한 힘을 지니고 있었던 겁니다.

결국 이 작품은 "그래서 몹시 서글프고 무척 미안했다."라는 감성적인 문장으로 끝나는데요. 이 문장에는 기억 속의 과거를 떠나야 하는 현실과 떠날 수 없는 당위가 가슴 아프게 아로새겨져 있습니다. 동시에 이 문장 속에는 수많은 재일 한인들이 이국 땅에서 견뎌 온 수십 년의 세월이 담겨 있다는 생각도 함께 해봅니다. (2024)

스물여덟 번째 편지

# 경계에서 무경계로

이서수의 「몸과 무경계 지대」(『현대문학』, 2023년 10월)는 인간의 인식과 문명의 근원을 의문시하는 참으로 발본적인 소설입니다. 단편인 이 작품에는 세진의 일생이 서술되어 있는데요, 세진의 삶이란 제목에도 드러나듯이 주로 '(무)경계'에 대한 것입니다. 「몸과 무경계 지대」에는 수많은 경계들이 등장합니다. 세진은 이태원 산동네에서 어린 시절을 보냈는데요. 이태원이라는 동네는 세진에게 경계에 대한 사유를 끊임없이 자극하는 곳으로 그려집니다. 세진이 살던 당시 이태원은 "귀족적인 언니들과 주한미군, 독특한 차림새의 기지촌 여성"이 공존하는 동네였던 겁니다. 그렇기에 산동네 어른들은 "아이들이 후커스힐 근처에 얼씬도 하지 못하게 했"으며, "이슬람 사원을 포함해 이태원 시가지 전체를 출입 금지 영역으로 선포"하기까지 했네요. 그러나 경계가 설정되는 바람에, 아이들은 더욱 흥분하여 그 경계를 넘나들고는 하는군요.

세진에게는 여러 명의 "첫사랑들", 즉 '누룽지 언니', '붕괴된 소련에서 온 소년', '기지촌에서 술집을 운영하던 엄마와 주한미군 사이에서 태어난 주나' 등이 있었는데요, 이들도 하나같이 경계에 대한 의문을 제기하는 존재들입니다. 대표적으로 "이태원 후커스힐 근처"에 자주 나타났던 누룽지 언니는, "피부색이 누룽지처럼 노르스름하고, 패션 감각이 과할 정도로 남다른 언니"였는데요. 세진은 누룽지 언니가 "누군가를 꼼짝 못하게 할 정도의 매력을 풍기는 자"로서의 "귀족"이라고 생각합니다. 어른이 된 세진은 "누룽지 언니 같은 사람을 트랜스젠더라고 부른다는 걸" 알게 됩니다.

사실 주인공인 세진이야말로 경계에 대해 가장 심각하게 회의를 품고 있는 존재입니다. 세진은 어릴 때부터 목욕탕에 가면, "여탕도 남탕도 마땅치 않다"라는 마음이었습니다. 세진은 만약 태어나자마자 말을 할 수 있었다면, "의사가 딸이에요, 라고 말하던 순간에 아닙니다. 저는 딸이 아닙니다! 라고 외쳤을" 거라고 생각하는 정체성을 지니고 있는데요. 그렇기에 세진은 "둘 중 하나를 선택해야 하는 것"에 늘 의문을 가지며 살아온 겁니다. 지금 세진은 단밤과 관계를 맺을 탁 트인 공간을 찾아 불철주야 헤매고는 합니다. 세진이나 단밤이 집이나 호텔 같은 닫힌 곳에서는 관계를 맺을 수 없어 하는 것도, "경계에 대한 거부감"과 관련되어 있습니다.

도대체 세진은 경계에 대해 왜 이토록 민감해 하는 걸까요? 그건 경계가 늘 모종의 권력과 위계를 동반하기 때문입니다. 이 작품에는 경계에 따른 수많은 구분이 등장하는데요. '남성과 여성'이라는 성적 구분 이외에도 "부자 동네, 아랫동네, 산동네"로 표현된 '부자와 빈자'의 구분, "붕괴된 소련에서 온 소년"이나 주나와의 관계를 통해 드러난 '한국인과 외국인'의 구분, 뇌성마비 장애인인 경서 언니를 통해 나타난 '건강인과 아픈 자'의 구분이 대표적입니다. 보통 이러한 구분에서는 경계의 한쪽 항에 일방적인 의미나 중요성이 부여되며, 이를 바탕으로 경계의 다른 항은 차별받고는 합니다. 때로 두 개의 항을 벗어난 제 3의 항은 아예 존재 자체를 인정받지 못하기도 하는데요.

이서수의 「몸과 무경계 지대」에서는 강고한 듯 보이는 성적 구분, 계급적 구분, 인종적 구분 등이 실제로는 한없이 허약하고 무의미한 경계에 의해 간신히 지탱되고 있음이 여러 장면을 통해 드러납니다. 일테면 "부자들이 사는 곳이라고 생각했던 아랫동네는 상습 침수 구역"이었음이 밝혀지거나, 주나는 순수한(?) 한국인은 아니었지만 부잣집 딸이기에 순수한(?) 한국인이지만 가난한 세진을 "시녀"로 삼거나 하는 것처럼 말이죠.

이 대목에서 저는 프로이드가 말한 'ambiguous'와 'ambivalent'의 차이가 생각났습니다. 'ambiguous'라는 단어를, 프로이드는 대상에 대한 양의적인 감정이나 태도라고 설명합니다. 'ambiguous'한 태도란 '짜장면은 시시하지만, 한편으로 맛있기도 해'와 같이 생각하는 것을 말합니다. 흔히 '모호한'이라는 단어로 번역되는 'ambiguous'의 반대말은 '분명한'이라는 의미를 지닌 'clear'라고 생각하기 쉬운데요. 프로이드는 심리학적으로 'ambiguous'의 반대말은 'clear'가 아니고 'ambivalent'라고 주장합니다. 이때의 'ambivalent'한 태도란 짜장면에 대해 '시시하다'와 '맛있다'는 감정이나 생각이 공존하지만, 어느 한쪽은 억압하여 다른 한쪽만 인정하는 것을 말합니다. '짜장면이 절대로 맛있을 리 없어, 짜장면은 오직 시시할 뿐이야'라고 여기는 것이죠. 프로이드는 세상을 'ambivalent'하게 대하는 것이 신경증의 본질이며, 정신적 치료란 'ambivalent'하게 바라보는 세상을 'ambiguous'하게 바라보도록 만드는 것이라고 규정하기도 했습니다.

이서수의 「몸과 무경계 지대」가 문제 삼는 것은, 바로 이 세상의 'ambivalent'한 태도라고 할 수 있습니다. 그것은 무수한 경계를 통한 구분을 만들어내고, 이를 바탕으로 차별과 배제의 폭력적 메커니즘을 양산하기에 문제가 될 수밖에 없습니다. 세진이 "어떤 색이든 괜찮다. 색은 선과 악이 없다. 색은 구별 가능하지만 우등과 열등이 없으며 섞이면 또 다른 색이 탄생한다."라고 생각하는 것은, 경계 짓기에 의한 차별과 배제에 대한 분명한 거부를 뜻한다고 볼 수 있습니다. 세진이 "제 몸은 그렇습니다. 경계가 없는 다양성 속에선 확장되고, 상상력이 부재하는 획일성 속에선 축소됩니다."라고 고백하는 것도, 경계 짓기에 대한 거부에서 비롯된 거겠죠. 결국 이서수의 「몸과 무경계 지대」는 "경계 없는 확장"을 통해, '이질적인 선율들이 넘치는 세계'를 꿈꾸는 작품이라는 생각이 듭니다.

(2024)

# 한강의 노벨문학상 수상이 의미하는 것

작가 한강이 드디어 2024년 노벨문학상을 수상하였습니다. 주지하다시피 노벨문학상을 향한 한국인의 열망은 참으로 뜨거운 것이었는데요. 심지어 저 같은 무명 평론가도 한국인 최초의 노벨문학상 수상을 예상하며 미리 인터뷰한 영상이 방송국의 창고에 쌓여 있을 정도입니다. 그러나 노벨문학상 수상에 대한 바람은 비단 한국인만의 현상은 아닙니다. 노벨문학상은 모든 세계인이 열망하는 대상이라고 해도 과언이 아닌데요. 세계문학론의 권위자인 파스칼 카자노바(Pascale Casanova, 1959~2018)는 중심부의 문학 원리를 비유적으로 가리키는 '문학의 그리니치 자오선'이 작동하는 가장 유력한 증거로 노벨문학상을 향한 사람들의 열망을 들기도 했을 정도입니다.

한강의 노벨상 수상은 세계 문학을 향한 인정 욕망의 충족이라는 의미 이외에도, 기존의 세계문학론을 새롭게 갱신했다는 의미를 지니고 있습니다. 파스칼 카자노바는 주변부 출신의 작가들이 '문학의 그리니치 자오선'을 획득하기 위해 자신들의 고유한 문제를 외면하고는 한다고 주장합니다. 세계 문학이 되기 위해서 민족성, 정치성, 특수성 등에서 벗어나 초국성, 미학성, 보편성을 추구한다는 것인데요.

한강의 작품은 '중심부/주변부'라는 이항대립을 폐기한다는 주목할 만한 특성을 보여주었습니다. 이번에 스웨덴 한림원이 주목한『채식주의자』(2007),『소년이 온다』(2014),『작별하지 않는다』(2021) 등은 '세계 문학/민족 문학', '초국성/민족성', '미학성/정치성', '보편성/특수성', '자율성/타율성'이라는 이분법이 문학을 설명하는 핵심적인 원리일 수 없으며, 좋은 문학은 자연스럽게 그 대립을 넘나들며 때로는 양쪽을 모두 포용하기도 한다는 것을 실증했기 때문입니다. 한강에게 맨부커상(The Man Booker Prize)을 안겨주며, 그녀를 일약 '세계 작가'의 반열에 오르게 한『채식주의자』도 현대 문명의 근본적인 문제인 폭력과 소외에 대한 발본적인 비판을, 한국 사회가 겪은 개발독재와 생산력주의라는 특수한 맥락에서 보여준 작품이었습니다.

『소년이 온다』와『작별하지 않는다』 역시 '중심부/주변부', '초국성/민족성', '미학성/정치성', '보편성/특수성', '자율성/타율성'과 같은 이분법의 통렬한 해체를 보여줍니다. 이들 작품은 한국의 고유한 역사적 상처를 끈질기게 파고들면서 동시에 미학성을 확보하고 있는데요.『소년이 온다』와『작별하지 않는다』는 연작의 성격을 가짐으로써, 20세기 한국의 국가 폭력을 냉전이라는 세계사적 맥락에 접속하는 데 성공하고 있습니다. 이들 작품을 통해, 한강은 '중심부 문학'에 대한 맹목적인 추종을 넘어, 민족 현실에 바탕한 독창적인 애도의 윤리를 제시하고 있는 겁니다.

　한국인 중에 노벨문학상에 가장 근접했다고 회자되던 황석영은, 한강이 노벨상을 받은 직후에 "이번 노벨상 수상은 고통과 수난의 치유자이며 해결자였던 한국인과 한국 문학이 걸어온 길 위에서 거둔 빛나는 성과다."라는 문장으로 시작되는 '축하의 글'을 신문에 발표하였습니다. 저는 이 문장을 읽으며, 노작가의 혜안에 무릎을 쳤습니다. 실로 한강의 작품에는 지난 시절 한국인과 한국 문학이 걸어온 땀과 눈물이 고스란히 담겨 있기 때문입니다.

　한국문학은 세계에서도 유례를 찾아볼 수 없을 만큼, 시대적 상처에 민감하게 반응해 온 대표적 사례에 해당하는데요. 한강이 『소년이 온다』

와 『작별하지 않는다』에서 다룬 5·18이나 4·3은 이미 황석영, 현기영, 임철우 등의 수많은 선배 작가에 의해 여러 번 다루어진 바 있습니다. 한강은 여기서 한 단계 더 나아가는데요. 그것은 극한의 사건이 지닌 근원적 '표상 (불)가능성'에도 섬세한 자의식을 보여주었다는 점입니다. 이와 관련해 1990년대 이후 등단한 수많은 작가들이 재현의 가능성을 둘러싼 아포리아에 천착해 왔던 것에도 주목할 필요가 있습니다.

이번 노벨상 수상이 보여주듯이, 한강은 한국 문학이 피땀으로 이룩한 성취 위에 자신의 고유한 창조적 정신까지 새겨 넣는 데 성공한 겁니다. '사건의 진실을 보여준다'라는 리얼리즘의 정신과 '표상 (불)가능성을 견딘다'라는 재현의 윤리를 받아 안은 자리에서 한강은 자신만의 독자적인 미학을 펼쳐 보인 건데요. 그것은 '서정적 전망'에 해당하는 것으로서, 주체와 세계, 자아와 대상 사이의 동일화를 추구하는 정신이라고 정리할 수 있습니다. 불행한 역사의 상처를 외면하지 않으려는 정신과 경험하지 않은 고통에 겸허하려는 태도를 바탕으로, 한강은 개체성의 벽을 뚫고 존재 자체의 합일을 추구하는 새로운 소설 창작의 길을 열어 보인 것입니다. 그것은 '서사성/서정성', '시대성/내면성'의 지극한 만남이라고 할 수 있으며, '사자死者/생자生者', '과거/미래', '존재/비존재', '당사자/비당사자'의 경계를 허무는 일이기도 합니다. 이러한 지극한 만남을 통해 한강은 비로소 '중심부/주변부', '초국성/민족성', '미학성/정치성', '보편성/특수성', '자율성/타율성'이라는 세계 문학을 둘러싼 높다란 장벽까지 넘어섰다는 생각이 듭니다. 마지막으로 한국인과 한국 문학의 오랜 열망을 이루어준 한강 작가에게 아낌 없는 축하와 감사의 마음을 보냅니다. (2024)

# 우리 시대 사랑의 헌신자

지난 10여 년간 최은영만큼 많은 독자들의 사랑을 받은 소설가도 드 뭅니다. 최은영이 큰 사랑을 받은 이유는 여러 가지가 있겠지만, 그중에서 도 최은영이 늘 사랑에 대해 이야기해 왔다는 점도 빼놓을 수 없을 겁니 다. 최근에 펴낸 소설집 『아주 희미한 빛으로도』(『문학동네』, 2023)의 「작가 의 말」에서 최은영은 '나'는 "언제나 사랑하고 싶은 사람이었던 것 같다. 그 마음이 이 일곱 편의 글에 실려 어딘가에 닿을 수 있으면 좋겠다. 사실 언제나 내가 바라온 건 그것뿐이었던 것 같다."라고 밝히기도 했습니다. 이러한 고백은 절대 빈말이 아니며, 최은영은 지금까지 발표한 대부분의 소설에서 사랑을 감동적으로 그려왔던 겁니다.

그동안 최은영 소설에는 일종의 서사 시학이 존재했는데요. 그녀의 소 설은 대부분 '타인의 타자성을 가슴 아프게 되새기는 전반부'와 '그럼에도 끝내 공감을 이루어내는 후반부'로 이루어져 있습니다. 특히 최은영의 고유성이 빛나는 대목은 '무한'과도 같은 타인의 타자성에도 불구하고, '끝내 공감을 이루어내는 후반부'라는 생각이 듭니다. 끝끝내 이루어내고야마는 타인과의 교감과 소통은, 최은영에게는 하나의 의무이자 당위라는 생각이 들 정도입니다.

이번에 이야기하려는 「아주 희미한 빛으로도」 역시 그러한 최은영식 사랑 시학이 잘 드러난 작품입니다. 희원은 스물일곱의 학사 편입생으로 대학교 생활을 시작합니다. 그러던 중 너무나 마음에 드는 교수님인 '그녀'를 만나게 되는데요. 희원은 그녀가 하는 강의의 "모든 부분이 마음에 들었"으며, 심지어는 강의를 듣다가 "가끔은 뜻도 없이 눈물"을 흘리기까지 합니다. 희원이 생리적인 문제로 곤경에 처했을 때, 그녀가 희원을 도와주면서 둘의 사이는 더욱 가까워지는데요.

강의가 진행될수록 희원은 더욱더 그녀에게 끌리게 됩니다. 이 강의는 학생들이 써온 에세이를 바탕으로 토론을 하는 방식으로 진행되는데요. 그 토론에서 희원이 발언을 하는 도중에 다른 학생이 "중요한 건 그런 게 아니라"라며 희원의 말을 끊어 버리자, 그녀는 그 남학생에게 "앞서 얘기한 학생의 의견이 중요하지 않다고 말했죠. 그것도 말을 끊어가면서."라며, 희원에게 사과할 것을 정중하게 요구합니다. 용산 참사 당시 "책상에 앉아서 논문을 쓰고 있었다는 사실만"으로도 괴로워하는 섬세한 정치적 감수성을 가진 그녀는, 희원의 이상형이 되기에 아무런 모자람이 없는 교수님이었던 겁니다.

그랬던 희원과 그녀 사이에도 극복할 수 없는 개체의 벽이 불현듯 나타나는 순간이 찾아오는군요. 그 순간은 종강을 맞아 그녀가 학생들과 함께 영화를 보고 닭갈비를 먹으며, "은근한 우애"를 즐기던 때인데요. 희원이 그녀에게 대학원에 가고 싶다는 뜻을 밝히자, 그녀가 희원에게 미소가 사라진 얼굴로 "오래 생각한 건가요?"라고 심각하게 되묻는 순간입니다. 희원처럼 뒤늦게 학문의 길을 밟으며 온갖 시련을 겪은 그녀는 진심으로 희원을 걱정해서 한 말이지만, "그녀가 나를 공부할 능력이 부족한 사람으로 판단했다고 생각"한 희원은 큰 상처를 받습니다. 이 말은 희원에게는 치명적인 것인데요. '공부하는 사람'이 되는 것은 "비정규직 은행원"으로서 "감정도, 생각도, 느낌도, 자기만의 언어도 없는, 반격할 힘도 없는 인형"과 같은 대우를 받아야 했던 희원에게는 너무나 소중한 꿈이었기 때문입니다. 더구나 이 말이 "공부하고 싶은 분야의 선생님이자 선배인 그녀

의 입"에서 나왔다는 사실로 인해 희원은 더욱 큰 충격을 받습니다.

안타깝게도 똑같은 실수를 희원도 그녀에게 하고 맙니다. 희원은 "선생님은 저희한테 과분했죠. 무례한 애들, 선생님이 젊은 여자 강사가 아니었다면 그렇게 하지 않았을 거예요."라고 역시나 선의를 담아 그녀에게 말하는 겁니다. 이 순간 희원은 달라지는 그녀의 표정을 보며, "그런 식으로 그녀의 자존심을 건드려서는 안 됐다"는 것을 깨닫습니다. 그녀는 '교수답게' "희원 씨가 앞으로 겪을 일들을 그런 식으로만 생각하지 않았으면 좋겠"다는 말을 덧붙이지만, 이 대화를 마지막으로 둘은 더 이상 만나지 않게 됩니다.

사랑의 헌신자인 최은영은 여기서 포기하지 않고, 끝내 둘 사이에 새로운 반전을 만들어냅니다. 이러한 반전은 시간이라는 거리와 강사라는 공통의 경험을 통해서 가능해지는데요. 희원은 그녀처럼 대학원에 진학하고, 나중에는 그녀처럼 대학 강단에까지 섭니다. 그때의 그녀와 비슷한 모습이 되어갈수록, 희원은 그녀 생각을 더 많이 하게 되고, "그녀가 여자 강사이기 때문에 겪어야 했던 무례를 이야기했"던 자신의 모습을 가슴 아프게 떠올리고는 합니다. 그녀처럼 '여자 강사'로서의 삶을 살아가며, 희원은 비로소 "그녀는 어떻게 그 시간을 지나왔는지, 지금 어떻게 살고 있는지."를 고민하게 된 겁니다. 이때부터 희원은 "벌어진 상처로 빛이 들어오는 기분"에 대해 느끼기 시작하며, 자신의 모든 것을 담아 "선생님"이라고 부르며 작품은 끝나는데요. 아마도 희원과 그녀가 굳이 재회하지 않더라도, 희원의 마음을 환하게 채운 '희미한 빛'만으로도 둘의 사랑은 이미 완성되었다는 안도감이 듭니다. (2024)

# 피맛을 느끼게 하는 거짓말

오늘 이야기하려는 황정은의 「하고 싶은 말」(『연년세세』, 창비, 2020)은 우리의 내면과 일상에 깊고 넓게 퍼진 가부장제를 성찰하는 소설입니다. 먼저 황정은은 가부장제를 지탱하는 오래된 신화인 모성을 성찰하고 있는데요. 주인공인 한영진은 아이를 낳고서야 "세간이 말하는 것과는 다르게 모성이 당연하지 않다는 것"을 깨닫습니다. 시모와 남편이 유리창 너머 갓 태어난 아이를 향해 "아가, 아가"하며 눈물을 흘리는 것과 달리, 막상 아이를 낳은 당사자인 한영진은 아이를 "그 맹목성, 연약함, 끈질김 같은 것들이 내 삶을 독차지하려고 나타나 당장 다 내놓으라고 요구하는 타인"으로 받아들이는 겁니다. 주변 사람들을 향해 느끼는 감정도 "분노", "적의", "모멸감", "분노", "죄책감"과 같은 것으로 범벅이 되어 있네요.

한영진에게는 "갓난아기와의 간격이 조금 벌어진 뒤에야", 비로소 "아이를 유심히 보고 싶은 마음, 다음 표정과 다음 행동을 신기하고 궁금하게 여기는 마음, 찡그린 얼굴을 가엾고 사랑스럽게 바라볼 수 있는 마음, 관대하게 대하고 싶은 마음, 인내심" 등이 생겨납니다. 이런 과정을 거치며 한영진은 모성은 "타고난 것"이 아니라 "만들어졌다"는 것을 실감하는데요. 여기서 주목할 것은, 한영진의 모성을 가능케 한 아이와의 간격은 또 다른 여성인 친정 엄마 이순일의 "노동"으로 인해 가능해졌다는 사실입니다.

무엇보다도 가족이라는 공동체를 위협하는 것은 남성중심적 가부장제라고 할 수 있는데요. 한영진은 남편과 두 명의 아이가 있는 40대 여성으로서, 주변 사람들이 부러워할 정도로 유능한 백화점의 판매원입니다. 그러나 심각한 자기 불신과 자기 소외에 빠져 있습니다. 어느 날 전철에서 맞은편에 앉은 외국인이 한영진에게 "당신은 매우 개성 있고 매력 있는 것 같아. 오늘 데이트 시간 있어요? 당신과 이야기하고 싶다."고 말을 건네자, 한영진은 "매력, 개성, 그건 다 수작이었고 더러운 거짓말"이라고 여깁니다. 그러나 곧 한영진은 자신이 불신한 것은 외국인이 아니라, 자기 자신이라고 생각하는데요. 한영진은 "내가 그 정도로 매력 있을 리가 없잖아."라고 생각했기에, 외국인의 말을 "더러운 거짓말"로 받아들인 거라는 자각에 이른 겁니다.

한영진의 자기 불신은 남편인 김원상으로부터 비롯된 면이 큽니다. 한영진이 남편 김원상에게 외국인이 말을 걸었다고 문자를 보내자, 김원상은 "ㅋㅋㅋㅋㅋ/ Where is the toilet?/ 이 말을 니가 잘못 들은 거 아니고?"라는 답변을 보냅니다. 이 문자를 받고, 한영진은 외국인의 말을 '더러운 거짓말'이라고 여긴 겁니다. 한영진을 향한 남편의 무시는 이번이 처음은 아닌데요. 실화를 바탕으로 한 연극에서, 한영진은 밥벌이에 서툰 동생을 향해 "차라리 내 밑으로 들어와서 일"을 하면, 자신이 "월급은 이백오십까지 맞춰줄 수 있어."라고 제안합니다. 이를 보고 남편은 "웃기시네, 그 돈을 니가 무슨 수로 주냐, 니가 무슨 권한으로."라고 빈정거리기도 했던 겁니다.

「하고 싶은 말」에는 가족 내의 여러 가지 남성중심적 가부장제가 등장합니다. 한영진이 어려운 가정 형편으로 고등학교를 졸업하자마자 유통업체에 취직한 것과 달리, 남동생인 한만수는 뉴질랜드로 유학까지 갑니다. 또 과거에 지폐 두 장이 없어졌을 때, 아버지는 3남매를 모아두고 "너희 중에 누군가는 더러운 거짓말을 하고 있어."라고 말하면서 장녀였던 한영진만을 바라보기도 했던 겁니다. 심지어는 여성인 한영진마저 나름대로 가부장제를 내면화하고 있는데요. 유일하게 밖에서 돈을 벌어오던 한영진은 하루 종일 가사일로 바쁜 이순일 앞에서 가부장 행세를 했던 겁니다. 늦은 시간에 귀가해서도 늘 이순일이 차려준 밥과 국을 먹던 한영진은, 월급을 받으면 "그 상을 향한 자부와 경멸과 환멸과 분노"를 담아 월급봉투를 상 위에 내려놓고는 했으니까요.

「하고 싶은 말」에서 노골적으로 남성중심주의를 드러냈던 한영진의 남편 김원상이 특별한 악인으로 그려지는 것은 아닙니다. 김원상은 장인 장모를 아래층에 들이기 위해 선뜻 4천만 원을 부담하기도 했으며, 제주도로 가족 여행을 가서는 무릎이 아픈 장모님을 업고 오름에 오르기도 했으니까요. 한영진은 남편인 김원상이 자기를 천연덕스럽게 비하하는 이유가, 다만 "그냥, 생각을 안 하는 것뿐"이기 때문이라고 여깁니다. 그리고 이러한 모습은 비단 김원상에게만 해당되는 것이 아니라, "평범한 사람들이 하는 일"로 확장되는데요. 어찌 보면 김원상은 너무나 평범한 '우리'의 자화상이고, 그 평범함이야말로 아내인 한영진을 자기 불신과 자기 소외의 늪에 빠져들게 했던 건지도 모르겠습니다.

황정은은 가부장적 남성중심주의가 우리의 삶 속에 너무 깊숙이 뿌리박혀 있기에, 특별한 성찰을 하지 않는 경우에는 그것에 함몰될 수밖에 없다고 생각하는 것 같습니다. 「하고 싶은 말」은 "거짓말, 하고 생각할 때마다 어째서 피맛을 느끼곤 하는지 모를 일이라고 한영진은 생각했다." 는 문장으로 끝나는데요. '거짓말'은 처음에 한영진이 자기 자신을 믿지 못했을 때와 아버지가 한영진을 의심했을 때 등장했던 단어로서, 모두 남성중심적 가부장제와 관련된 것이었습니다. 이러한 남성중심적 가부장제는 '피맛'을 느끼게 할 만큼 원초적이고 근원적인 것임을 황정은은 「하고 싶은 말」을 통해 조용하지만 섬뜩하게 보여주고 있습니다. (2024)

# 자유에 대하여

1960년대 한국 소설에는 상경한 '촌놈들'의 이야기가 참으로 많았습니다. 촌에서 태어나 머리 하나만을 믿고 서울의 문리대에 진학한 주인공들은, 서울이라는 도시의 모든 것에 움츠러드는데요. 그러나 곧 촌놈들은 배가 고파 하숙집에 있는 참기름을 훔쳐 먹어 토사곽란을 하면서도, 그 잘난 세상에 맞서겠다는 패기와 활기만은 잃지 않습니다. 새삼스럽게 '촌놈' 이야기를 꺼낸 이유는, 오늘 이야기하려는 문지혁의 「허리케인 나이트」(『문학과사회』 2024년 봄호)에 등장하는 금호동 출신 '나'가 21세기형 '촌놈'으로 그려지고 있기 때문입니다. 이 작품은 각각 금호동과 대치동 출신으로 "중곡동에 있는 외국어고등학교"를 다닌 '나'와 최용준(피터)의 30여 년에 걸친 곡절 많은 사연을 보여줍니다.

1995년 고등학교 신입생 환영회에서 처음 만났을 때, '내'가 나온 중학교에서 그 외고에 진학한 사람은 단 두 명이었지만, 최용준(피터)이 나온 중학교에서 진학한 사람은 수십 명이었습니다. 자기 소개를 할 때, 남자 아이들의 절반은 국제변호사가 되겠다고 말하는데요. 차마 소설가가 꿈이라고 말하지 못한 '나'는 "이 세계에 진입"하기 위해, 자신의 꿈이 "소설을 쓰는 국제변호사"라고 둘러댑니다. "정제되고 젠틀했지만 개인적이고 차가웠"던 그 외고에서 "금호동의 나와 대치동의 최용준(피터) 사이의 거리는 N극과 S극만큼"이나 멀고도 머네요.

2010년 미국에서 다시 만났을 때, '나'는 가난한 유학생이고, 피터(최용준)는 고등학교 신입생 환영회에서 말한 대로 국제변호사가 되어 있습니다. '나'는 미국에 유학하며 월세 1250달러의 허름한 월세에 사는데요. 허리케인으로 바닥에 물이 차올라, 내키지는 않지만 할 수 없이 피터(최용준)의 집에서 하룻밤 신세를 지게 됩니다. 피터(최용준)는 BMW X5를 타고 와서 '나'를 자신의 펜트하우스로 데려가는데요, 그곳에서 '나'는 "다른 세계에서 온 생명체"처럼 아름답고 우아한 피터의 아내가 준비한, 랍스터와 고급 와인을 대접받습니다.

「허리케인 나이트」에서는 '나'와 '최용준(피터)'의 차이를 강조하기 위해, 취향과 같은 개인의 아비투스(Habitus)를 강조하는데요. 30여 년 동안 일관된 '최용준(피터)'의 모습을 상징하는 것은 그가 고등학교 때부터 차고 다니는 '롤렉스 시계'입니다. 이에 반해 '나'를 상징하는 것은 일주일이나 엄마를 졸라 겨우 산 "리바이스 청바지"나 부모님이 생애 첫 미국 여행을 갔다가 아웃렛에서 사 온 "코치의 쿼츠 시계" 같은 것이네요.

이처럼 격차가 뚜렷한 둘의 관계에서도, 처음이자 마지막으로 '내'가 최용준(피터)에게 도전장을 내민 적이 한 번 있습니다. 20대 중반에 둘은 함께 일본 교토로 여행을 가는데요, 이때 '나'는 달가워하지 않는 최용준(피터)과 말다툼까지 벌이며, 윤동주가 공부했던 도시샤 대학에 갑니다. 아마도 '나'는 문학이라는 문화자본을 활용하여, 탁월함의 투쟁에서 한 번만이라도 최용준(피터)을 이겨보고 싶었는지도 모르겠습니다. 그렇기에 '나'는 그 투쟁을 위해, 자신이 준비한 "유일한 명품"인 토즈 샌들까지 꺼내서 신는데요. 안타깝게도 이 상징 투쟁의 장에서 '나'는 처참한 패배를 맛보고 맙니다. 도시샤 대학 쪽으로 걷기 시작했을 때부터, '나'의 샌들속 발은 들이치는 빗물 때문에 자꾸 미끄러져, 최용준(피터)과는 간격이 크게 벌어졌던 겁니다. 심지어 대학에 도착했을 때쯤에는 엑스 자로 마감된 발등 부분이 까져 피까지 나고 마는데요, 윤동주 시비에 도착해서도 '나'는 잘난 체도 하지 못하고, "먹을 것 놓고 가지 마시오."라는 한글 안내 문구만 하염없이 바라볼 뿐입니다. '토즈 샌들'이라는 명품과 문학이라는 '문화자본'만으로 극복하기에 '나'와 최용준(피터) 사이의 격차는 너무나도 근본적이었던 겁니다.

「허리케인 나이트」에서 '나'와 최용준(피터)은 가깝다면 가까운 사이입니다. 둘은 '중곡동에 있는 외국어고등학교'의 동기 동창이고, 함께 미국에 머문 적도 있으니까요. 다른 소설에 나오는 '노동자/자본가', '식민자/피식민자', '남성/여성'과 같은 대립항처럼 먼 거리에 놓여 있지는 않아 보입니다. 그럼에도 힘의 격차는 앞에 나열한 두 항보다 결코 작지 않은데요. 심지어 '나'는 피터(최용준)의 아내로부터 피터(최용준)가 "나빠질 기회를 얻지 못했"기에 "좋은 사람"일 수밖에 없다는 말까지 듣습니다. 최용준(피터)은 경제자본이나 사회자본 등은 물론이고 인격에서도 근본적으로 우월한 존재일 수밖에 없던 겁니다. 이 대목에 이르면, '나'와 최용준(피터)의 관계는 마치 인간과 '신'의 관계로까지 느껴질 정도인데요.

이를 의식해서일까요? 작가는 두 개의 장면을 결말 부분에 삽입해 놓고 있습니다. 하나는 허리케인이 몰아친 밤, '내'가 피터(최용준)의 집에 머물 때, 침실 쪽에서 나는 울음소리를 듣는 장면이고, 다른 하나는 '내'가 "피터 초이라는 이름의 변호사가 60억 원대 사기 혐의로 구속되었다"는 기사를 읽는 장면입니다. 그러나 전자는 그 모든 소리가 "검은색 줄무늬고양이"로부터 나온 것일 수도 있다는 가능성이, 후자는 '피터 최'가 동명이인일 가능성이 제기되는 것으로, 최용준(피터)과 '나'의 격차가 줄어들 가능성은 희미해져 버리고 맙니다.

「허리케인 나이트」에서는 날 때부터 결정된 불평등의 씨앗이, 학습에 의해 정신은 물론이고 육신에까지 새겨진 것으로 그려집니다. 그렇지만, 우리가 하늘로 날아오를 수 있는 이유는, 다름 아닌 우리를 땅으로 끌어내리는 중력이 있기 때문입니다. 결정된 이 세계에서 비결정의 작은 틈이라도 만들기 위해 분투하는 것, 어쩌면 우리는 그것을 일러 '자유'라고 부르는 것인지도 모르겠습니다. (2024)

# 살아남은 자의 슬픔

조해진은 인간에게 'Homo Empathicus(공감하는 인간)'라는 이름을 붙여 주었다고 해도 과언이 아닌데요. 조해진의 소설을 읽을 때면, 인간은 소통하고 공감하기 위해서 존재한다는 생각이 들 정도입니다. 인물들은 비록 불우하고 남루할지라도 타인을 향한 도약만은 결코 멈추는 법이 없습니다. 때로 이러한 소통과 교류는 국경이나 인종의 장벽마저 뛰어넘는 경우가 적지 않습니다. 조해진의 소설집 「빛의 호위」(『창비』, 2017)에는 모두 아홉 편의 작품이 실려 있는데요, 모든 작품에는 외국과 외국인이 등장할 정도입니다.

오늘 이야기하려는 「내일의 송이에게」(『문학과사회』, 2024년 여름호) 역시 작가의 전매특허인 소통과 공감을 통해 생사의 장벽마저 뛰어넘는 작품입니다. 때로 살아남았다는 것만으로 슬픔 속에 살아야만 하는 사람들이 있습니다. 「내일의 송이에게」에 등장하는 인물들이 그런 경우인데요. 이 작품의 주인공인 송이, 장훈, '미친 여자'는 모두 사랑하던 이를 떠나보냈다는 이유만으로, 상처의 기억에 갇힌 사람들입니다.

송이는 십여 년 전 고등학교 시절, 학교도 가지 않은 채 하염없이 걷기만 하던 때가 있었는데요. 그 시절 송이는 세월호로 '그애'를 떠나보내야만 했던 겁니다. 송이에게는 "친구였거나 친구의 친구였거나, 사귀는 중이거나 사귀다 헤어진 관계였거나, 아니면 고백한 적 있거나 고백조차 못 한 채 혼자 특별한 마음만 품어본 대상이었거나. 학교는 달라도 어떻게든 연결하면 결국 연결되는 이들이 차가워진 몸으로 때로는 툭 치면 깨어날 것 같은 온전한 모습으로, 또 어떤 때는 손톱이 빠지고 손가락이 멍든 채로 발견되었다는 소식이 전해지던 날들"이 있었습니다. '그애'와 송이는 공부방에서 지우개를 같이 쓰고, 서로의 파우치 안에 든 화장품을 구경하기도 했으며, 나아가 '그애'는 자신이 아끼던 스티커를 송이의 손톱에 붙여 주기도 했습니다.

송이는 그랬던 '그애'를 떠나보낸 후, 누구와도 교류하지 않는 삶을 살고 있습니다. 유일한 가족인 엄마와도 따로 사는 송이는 누군가를 만나면 "다 사라질 것 같"아서, 어디에서도 "친구를 사귀지 않"으려 합니다. 송이는 '그애'를 제대로 애도하지 못했기에, '그애'와 그저 일체가 된 채 '산 죽음'의 상태에 머물고 있는 것입니다.

그랬던 송이에게 작은 변화가 찾아오는군요. 고등학교를 졸업하자마자 일찌감치 돈벌이에 나선 송이는, 안산의 중소 규모 마트에서 계산원으로 일하고 있는데요. 하루에 한 번 야산에 올라 떠돌이 개 미륵이의 점심을 챙겨주던 송이는, 우연히 그곳에서 저소득층 가정의 아이들이 다니던 사회복지관의 공부방에서 만난 장훈과 12년 만에 재회하게 됩니다. 근처의 "잿빛 컨테이너"에서 숙식을 해결하며, 한 달 전부터 공사 현장에서 일하고 있는 장훈도 '그애'의 기억을 공유하고 있는데요. 장훈 역시 송이만큼은 아닐지 몰라도, "지브리 애니메이션 스티커 모으는 거"를 좋아했던 '그애'의 기억에서 벗어나지 못하고 있습니다.

「내일의 송이에게」에는 또 한 명의 '기억의 수인囚人'이 등장합니다. 그 주인공은 송이가 일하는 마트 앞에 나타나 끊임없이 혼잣말을 하는 "미친 여자"입니다. 송이는 단골손님으로부터 대학생 딸이 나쁜 인간을 만나 죽은 이후에, 중년의 여자가 깊은 마음의 병을 갖게 되었다는 이야기를 듣습니다. 중년 여자의 욕설 섞인 혼잣말은 "단죄하고 모멸하는 것 같았"는데요, 송이는 그러한 단죄와 모멸이 "딸을 지키지 못한 스스로를" 향한 것임을 직감합니다. 조해진은 송이와 '미친 여자'가 서로의 분신임을 작품 여기저기에 암시해 놓고 있네요.

장훈이 공부방 시절 "유독 콘 아이스크림을 좋아했던" 송이를 위해 편의점으로 아이스크림을 사러 갔을 때, 송이는 "두 다리를 인간의 땅에 디디고 있으면서도 품 안엔 신전이 있고 머릿속은 죽음의 상념으로 가득한 여자"를 발견합니다. 그리고 '그애'를 떠나보낸 후 처음으로 타인을 향해 손을 내미는데요. 냅킨을 들고 얼굴이 온통 눈물로 젖은 여자에게 다가가는 것입니다. 사람들의 외면을 받는 '미친 여자'를 보며, 송이는 "학교에 가는 대신 걷고 또 걸었던 그때"에 자신도 "어째서 아무도 그녀에게 괜찮으냐고 묻지 않는지 궁금"해 했던 것을 기억해낸 겁니다. 여자에게 다가갔을 때, 여자는 송이에게 "세상이 날 갖고 실험하고 있어. 내가 얼마나 슬플 수 있는지. 지금도 날 찍어서 저기 어디서 특수한 영상으로 다 보고 있다고. 가지고 놀면서 비웃는 거지."라는 말을 합니다. 그러자 송이도 "그 실험 들어봤어요."라며 '미친 여자'의 말에 호응하는군요. 저는 타인의 죽음(슬픔)에서 벗어나지 못해 미쳤다는 얘기를 듣는 둘의 대화가, 타인의 죽음(슬픔)에 태연하여 정상이라는 말을 듣는 사람들의 대화보다는, 훨씬 진실하게 느껴집니다. 어쩌면 송이는 분신인 '미친 여자'에게 손을 내밈으로써, 자신에게 처음으로 화해의 손을 건넨 건지도 모르겠습니다.

단지 냅킨을 건넸을 뿐이지만, 이 순간 송이의 굳게 닫힌 존재의 벽은 허물어지기 시작합니다. 냅킨을 건네받은 여자는 송이에게 "얼른 집에 가서 밥 먹어."라고 따뜻하게 말합니다. 이 순간 송이는 비로소 터널을 지났다는 생각을 하며, 장훈에게 "한발 한발 다가가기 시작"하며 작품은 끝나는데요. '그애'에 대한 애도에 실패하여, 자신을 세상으로부터 꼭꼭 감춰두었던 송이는, 자신과 같은 처지인 '미친 여자'를 향해 손을 내밈으로써 비로소 터널의 끝에 도달하게 된 겁니다. 애도 역시도 공감을 통해서 가능하다고 생각하는 조해진에게, 인간은 'Homo Empathicus(공감하는 인간)'이자 'Homo Empathicus(공감하는 인간)'여야만 하는 존재입니다. (2024)

# 당신을 느끼기까지는

한강은 최신작 「작별하지 않는다」의 〈작가의 말〉에서 자신의 작품이 "지극한 사랑에 대한 소설이기를 빈다."라고 밝힌 바 있습니다. 「파란 돌」(『디 에센셜 한강』, 문학동네, 2023)은 직접적으로 사랑의 아름다움과 경이로움에 대해 말하는 따뜻한 소설입니다. 이 작품에서 사랑은 특정한 사람을 향해 있는 협소한 것이 아닙니다. 생명을 가진 모든 것을 향해 열려 있으며, 이때의 생명에는 자신이 피 흘리며 낳은 자식은 물론이고, 개울물 속의 파란 돌, 영원과 무한을 일깨워주는 하늘, 나무의 여린 연둣빛까지도 포함될 정도입니다.

"오랜만에 당신을 불러봅니다."라는 문장으로 시작되는 「파란 돌」은, 20년 전 만난 당신에게 보내는 편지 형식으로 되어 있는데요. "당신은 서른일곱 살이었고 – 지금의 나와 동갑이지요."라는 말처럼, 현재 '나'는 20년 전 당신을 만났을 때의 당신 나이와 같은 서른일곱 살이 되었습니다.

나이가 같다는 것은 이 작품에서 상당히 중요한 복선인데요, 지금의 '내' 가 사랑과 관련해 경험하고 깨달은 것은 20년 전 당신이 경험하고 깨달은 것과 거의 동일하기 때문입니다. 당신과 비슷한 일을 겪으며 당신의 깨달음에 도달했기에, '나'는 '당신'을 떠올리게 된 것인지도 모르겠습니다.

'나'는 열 달 전 산비탈에서 자살을 시도했다가 다시 살아 돌아온 사람입니다. 7년을 같이 산 남편은 '나'의 목을 조르다가 안방에 들어가 잠들었고, 충격을 받은 '나'는 각진 노끈을 들고 홀린 듯 산비탈로 갔던 겁니다. 1년 여의 시간이 지난 지금도, '나'는 남편이 자신의 목을 조르던 "손의 감촉, 따뜻한 첫 열기와 악력의 기억"에 빠져들 정도로 남편의 폭력이 남긴 상처는 심각한데요. 그럼에도 '내'가 죽음 대신 삶을 선택한 이유는 죽음의 입구에서 생명의 강렬함을 체험했기 때문입니다. 그 강렬함은 자살의 장소에서 발견한 "여린 연둣빛이, 푸르러진 초록빛이, 수없는 겹의 그 색채들"이 눈동자를 파고들었던 것과 "아이가 깨면 약을 줘야 한다는 생각"으로 드러나는군요. '나뭇잎의 색채'와 '아픈 아이'는 모두 꽉 쥐면 부서질 듯 연약하지만 너무나 소중한 생명의 조각들입니다.

자살로부터 생환한 이후, '나'는 이십 년 전 '삼촌'이라 불렀던 한 남자를 떠올리게 됩니다. '내'가 열일곱 살이었을 때 만난 당신은, 손윗누이 그리고 조카와 함께 살고 있었는데요. '나'는 그 조카의 친구로, 친구가 당신을 부르듯이 '삼촌'이라고 불렀던 것입니다. 남자는 한지에 먹을 먹여 그림을 그리는 화가였으며, 화가가 꿈인 '나'는 남자의 작업실에서 그림을 그리거나 배우며 애틋한 감정을 키웠습니다.

「파란 돌」에서 당신은 생명에 대한 외경으로만 이루어진 사람입니다. 이

러한 당신의 특징은 '나'의 목을 졸랐던 남편과 대비되어 더욱 부각되는데
요. "나이만 먹은 소년"인 당신은 "몸에 밴 한결같은 조심스러움"으로 사
람들을 대하며, 늘 "신중하고 섬세한 사람"이었습니다. "도무지 남자 같
지 않았"던 당신은 "여자였으면 좋겠다"고 말하기도 했는데요, 이러한 바
람은 당신의 섹슈얼리티와는 무관합니다. 당신이 '여자가 되고 싶었던 것'
은 다만 '생명에 대한 외경', 즉 "여자가 월경을 한다는 것, 피를 흘리며 아
이를 낳는다는 걸 생각하면 경이"로웠기 때문이니까요.

　'내'가 남편의 폭력으로 죽음을 선택했다가 생명에 대한 사랑을 발견하
고 삶으로 다시 돌아온 사람이라면, "살갗에 푸르스름한 피멍이 들곤"
했던 당신은 난치병으로 죽음의 입구까지 갔다가 '파란 돌'을 발견하고
삶으로 다시 돌아온 사람입니다. 어린 시절부터 난치병에 시달렸던 당신
은 "아파서 힘들었던 적은 없어요?"라는 '나'의 물음에, 약물 부작용으로
몸이 씨름 선수처럼 부었을 때 차라리 죽는 게 낫다고 생각한 적이 있었

다고 대답하는군요. 그러나 죽음을 생각했던 날 밤에, 당신은 개울물에 파란빛 도는 조약돌이 잠겨 있는 꿈을 꾸고서는, 그 '파란 돌'을 "주우려면 살아야 한다는 걸" 깨닫고 죽음이 아닌 삶을 선택한 것입니다. 이 '파란 돌'은 '내'가 죽음의 입구에서 발견한 '나뭇잎의 여린 빛깔'과 '아픈 아이'에 이어진다고 볼 수 있겠네요.

'나'와 당신의 대칭성은 이후에도 이어집니다. 당신이 '파란 돌'을 본 이후 화가로서의 삶에 누구보다 충실했듯이, '나'도 야산에서 돌아온 이후 누구보다 충실하게 살고자 노력하니까요. 작품은 '내'가 개체성의 벽을 허물고, 20년 전 당신과 완전히 하나가 되었음을 선언하는 것으로 끝납니다. '나'는 20년 전 당신이 경험한 개울 속 파란 돌과 물과 그리고 햇빛의 감촉을, "나도 여기서 느끼고 있어요."라고 말하게 된 겁니다. 진정한 사랑이란 물속의 '파란 돌'까지 포함한 우주적 규모의 사랑을 통해서야 비로소 성취될 수 있었던 건지도 모르겠습니다. (2025)

## 서른다섯 번째 편지

# 과도함의 과도함

사르트르(Jean Paul Sartre, 1905-1980)는 문학(소설)이 "한마디로 말하자면 영국혁명 안에 있는 사회의 주체성(주관성)이다."라고 주장하였습니다. 이러한 사르트르의 언명은 근대의 가장 유력한 소설관으로서, 소설은 한 시대의 가장 핵심적인 윤리적이며 지적인 난제를 온몸으로 짊어지는 수난자가 됨으로써, 오히려 사회의 영향력과 존재 의의를 확보할 수 있었다는 주장인데요. 이러한 근대 소설의 모습에 가장 부합하는 한국의 최근 소설가로 김강만 한 이는 드뭅니다. 그의 소설은 늘 공동체의 올바른 존재 양태에 대한 탐색과 그것을 가로막는 부당한 힘에 대한 비판 정신으로 가득했으니까요. 그리하여 그가 노벨을 벗어나 SF나 알레고리로 훌쩍 뛰어넘는 순간에도 역시나 그의 관심은 늘 이 시대와 공동체를 향해 있었습니다.

그랬던 김강이기에, 얼마 전에 발표한 「아담」(『착하다는 말 내게 하지 마』

148 |

작가, 2024)은 매우 독특한 울림으로 독자에게 다가옵니다. 「아담」은 기인이라 할 수 있는 '그'에 관한 일종의 보고서인데요. 소설가인 '나'는 초등학교 뒷산에 살고 있는 "자연인"인 그를 찾아갑니다. 그는 소나무 껍질로 된 가면을 쓰며 자신을 감춘 채 살아가고 있습니다.

그는 친구 가족과 함께 저녁을 먹고 돌아오다가 넘어진 후에, 자신의 왼손바닥에 "세 번째 눈"이 생겨난 것을 발견합니다. '세 번째 눈'을 통해 그는 "상대방 모르게 보고 싶은 것을 볼 수 있"게 되는데요. 이때 그가 '세 번째 눈'으로 주로 보는 것은 "표범무늬 팬티와 핑크색 젖꼭지"와 같은 것들이네요. 그러다가 그는 "직장에서 버스에서 카페"에서 '세 번째 눈'을 통해 상대를 간음하는 "발갛게 달아오른 두 흰자위와 초점 없이 확장된 동공, 반쯤 벌린 입술과 입술 사이로 날름거리는 혀, 앙상하게 드러난 광대"의 자기 "얼굴을 봐버"리게 됩니다.

그날 이후 그는 왼손바닥에 밴드를 붙이고, 이후에는 왼손바닥을 송곳으로 찔러도 보고 칼로 헤집어 보기도 합니다. 나중에 그는 아내와 아이들을 마주할 자신마저 사라져, 결국 산으로 가서 혼자 삽니다. 여기까지는 전형적인 김강 스타일의 서사라고 할 수 있을 텐데요. 그가 노트에 남긴 "하긴 세 번째 눈은 잘못이 없어. 그것이 오기 전에도 그는 그랬었잖아. 그랬고말고. 그 눈동자 그 혓바닥, 그가 가진 모든 감각으로 탐했지. 상상으로 머릿속으로."라는 문장이나 "그는 운이 좋은 놈이기는 하지. 왼손바닥에 있는 그것이 없던 시절에는 달랐을 것 같아? 그저 들키지 않았을 뿐이지. 하지 못했을 뿐이지. 그게 운이 좋은 거지."라는 말에 비춰본다면, 인간이 지닌 비루한 욕망에 대한 근원적인 비판 정신이 가득한 서사로 읽어낼 수 있는 것입니다. '아담'은, 이 세상의 많은 문제와 오점에 예민한 소설가 김강이 조형해 낸 '최초의 인간'답게, 자신 안에 있는 그릇된 욕망과 감각들을 예사로이 보지 못하는, 강박적으로 염결한 인간의 원형인 거죠.

그런데 문제는 이어지는 아담의 과도함에 있습니다. 그는 모든 것을 버리고 '자연인'이 된 것도 모자라서, "손바닥의 눈을 어떻게 할 수 없으니 얼굴이라도 가려야" 한다는 마음으로 소나무 껍질 가면을 만들어 씁니다. 이후에는 자신의 성기를 자르고, 나중에는 그것도 모자라 '세 번째 눈'이 있는 자신의 왼 손목까지 잘라 버리는데요. 그는 자신을 부끄럽게 하는 그 모든 것을 잘라 개에게 주어 버린 이후에도, "손모가지도 잘라 내었는데 자꾸 떠오르면 다음엔? 그다음엔? 하긴 기억이 사라질 수 있겠

어? 이 머릿속 어딘가 영원할 테지……."라고 번민합니다. 이 대목에 이르면, 그의 부끄러움과 염결함은 그 과도함으로 인하여, 긍정의 대상이라기보다는 차라리 풍자의 대상으로 전락해버리게 되는 건 아닌지 모르겠습니다.

처음 소설가인 '내'가 그를 만났을 때, 그는 자신이 죽으면 "한 문장으로 신문에 부고를 내어 주십시오"라는 부탁을 했는데요. 그 문장은 바로 "부끄러워할 줄은 알았다고. 부끄러워서 그랬다고."라는 것이었습니다. 처음 '나'는 그가 겪은 일이 "직장을 그만두고 이혼을 하고 집을 나와야 할 정도로 부끄러운 일"인가라며 의문을 표했지만, 나중에는 결국 신문사에 가서 그의 부탁대로 부고를 전하기로 합니다. 부고의 문장은 "그는 부끄러움이 많았다."는 것인데요. 이러한 '나'의 태도 속에는 그에 대한 복합적인 감정이 진하게 배어 있습니다.

이 대목에서 저는 들뢰즈(Gilles Deleuze, 1925-1995)가 주장한 매저키스트적 저항이 떠오릅니다. 들뢰즈는 매저키스트가 느끼는 자기 처벌 욕망은 자기 안에 대타자를 들여놓았기 때문에, 즉 대타자와 닮아가기 때문에 발생한다고 주장했는데요. 그렇기에 매저키스트는 처벌받고자 하는 동시에, 보다 본질적으로는 대타자를 처벌하고자 하는 욕망에 들려있다는 것입니다. 그렇기에 매저키스트는 자신을 과도하게 처벌함으로써, 궁극적으로는 자기 안의 대타자를 처벌한다고 할 수 있는데요. 「아담」에 등장하는 그는 자신의 성기와 손목까지 잘라가면서 과연 무엇을 처벌하고자 했던 걸까요? 아담의 과도함 속에는 이 세계에 존재하는 모종의 과도함에 대한 비판 의식이 녹아있다는 생각이 듭니다. (2025)

# 동화를 읽는 법

정용준의 「바다를 보는 법」(『현대문학』 2023년 5월)은 '어른을 위한 동화' 같은 작품입니다. 불안과 공포가 만연한 사회여서일까요? 정용준이 전달하는 이 따뜻한 서정성과 교훈성이 그렇게 나쁘게 느껴지지만은 않습니다. 이런 생각이 드는 이유는 이 소설이 야무지고 단단하게 잘 만들어진 소설이기 때문이기도 합니다. 정용준은 약소자들에 대한 정치적 관심을 드러내며 작가 활동을 시작했는데요, 최근에는 우리 일상의 타자들을 향한 섬세한 윤리적 감성을 드러내는데 나름의 일가를 보여주고 있습니다. 대표적인 작품으로는 서울 거리에 헤드기어를 쓰고 나타난 한두운을 보여준 「선릉 산책」(『문학과사회』 2015년 겨울호)과 아내가 떠나가는 슬픔을 겪은 호른 연주자와 남편이 자살하는 아픔을 겪은 교정 교열 전문가의 만남을 그린 「미스터 심플」(『현대문학』 2021년 1월호)을 들 수 있겠죠.

「바다를 보는 법」은 「선릉 산책」과 「미스타 심플」에 이어지는 작품으로서, 사회적 약소자인 청년이 6개월 여명의 암 선고를 받고서도 인생의 의미를 발견해나가는 내용의 소설입니다. 극작과를 졸업한 한성은 생존하기 위해 "어떤 일이든 했고, 궂은 일도 마다하지 않았"습니다. 그것은 "사실이 아닌 사실과 진실이 아닌 진실을 써야" 하는 일이자, "거짓말보다 더 질 나쁜 거짓"을 쓰는 일이기도 했는데요. 결국 한성은 자신의 전공인 글쓰기를 포기하고, 아이스크림 가게에서 일을 시작한 후에야 마음의 안정을 찾습니다. 그러나 우연히 뇌종양을 발견하고, 여명 6개월이라는 진단을 받으면서, 한성에게는 "삶을 조용히 마무리"하겠다는 결심만이 남습니다. 한성은 어릴 때 이혼한 엄마와 아빠 둘 중 누구에게도 알리지 않으려고 할 정도입니다.

그랬던 한성이 삶의 끝자락에서 진정으로 원하는 일을 시도합니다. 그것은 연극을 제작하고, 자신도 직접 무대에 오르는 것인데요. 이를 위해 한성은 오래된 물건을 사고파는 지역 커뮤니티에 접속한 뒤, '창작 희곡은 준비되어 있으니 연극동호회 회원을 모집한다'는 모집 공고 글을 남깁니다. 다음 날 아침 지수 맘(평범한 주부), 영빈(연극영화과에 들어가기 위해 삼수 중인 입시생), 진 노인(동주민센터의 50대 직장인)이 연락을 해오고, 한성은 세 사람에게 자신이 쓴 「바위들」이라는 대본을 건네줍니다.

그들은 한성에게 극단 이름과 연습 장소와 공연 장소를 물었고, 아무런 계획이 없던 한성은 고개를 숙여 사과하는군요. 그런데 이때부터 동화 같은 서사가 펼쳐집니다. 진 노인이 연습할 장소를, 영빈이 연극에 필요한 소품을, 지수 맘이 의상을 준비하겠다고 척척 말하는 것입니다. 극단 '바위들'은 센터 다목적실에서 화요일 저녁마다 연습을 하고, 각자 '울퉁'

과 '불퉁', '쓸쓸'과 '캄캄' 등의 이름을 가진 바위 배역을 나눠 맡네요. 연습 과정에서 진 노인과 영빈 사이에 갈등이 생기기도 하지만, 한 번의 술자리만으로도 그 갈등은 해결됩니다. 영빈은 "교수들 앞에 서기만 하면 말이 꼬이고 목소리가 갈라져서 괴상한 소리를 내는 징크스"에 대해, 지수 맘은 바닥에 이른 자신의 건강 상태에 대해, 진 노인은 "어둡고 딱딱하고 쓸쓸한" 죽음에의 상념에 대해 대화를 나눕니다. 이러한 일을 거치며 단원들은 "누군가 자신을 받아주고 긍정적으로 반응해주는 것이 사람을 얼마나 좋게 변하게 하는지"를 깨닫습니다. 그 밤 귀가하던 한성도, 그간 모른 척했던 자신의 마음이 입을 열어 "살고 싶다. 죽고 싶지 않다."고 간절하게 말하는 것을 듣습니다.

다행스럽게도 구청에서 주관하는 야시장에서 공연하는 계획이 잡힙니다. 문제는 아무런 대사도 없이 무대에 앉아 있기만 하면 되는 '고요'의 배역을 정하는 것인데요. 그 배역은 "세상에서 가장 차분하고 조용한 아이"인 15개월의 지수가 맡게 됩니다. 비가 내려 야시장은 파장이 되고, 단원들은 상인들만을 대상으로한 조촐한 공연을 시작합니다. 「바위들」의 기본적인 내용은 본래 바다에 있었던 바위들이 사막에 살게 되면서, 다시 바다를 그리워한다는 것인데요. '울퉁'과 '캄캄'은 다시 바다를 향해 떠나자고 주장하고, '불퉁'과 '쓸쓸'은 현실을 직시하고 사막에 머물러야 한다고 말합니다. 바다를 너무나 그리워하지만 단 1센티미터도 움직일 수 없는 바위란, 사실 죽음을 앞둔 한성의 처지에 해당하지 않을까요? 정도는 다르지만, 이러한 바위의 모습은 '바위들'의 배우들은 물론이고 이 연극을 보는 시장 상인들에게도 해당하는 것인지 모릅니다. 「바다를 보는 법」에서는 한 번도 사전에 이 연극의 결론이 제시된 바 없었는데요.

'떠날 것'인지 '머물 것'인지를 치열하게 토론하는 순간에 그야말로 동화적인 기적이 일어납니다. 고민하던 바위들은 무대 한쪽 구석에 바위 분장을 하고 앉아 열쇠고리를 갖고 놀던 고요에게 "말 좀 해보세요."라고 묻습니다. 그 순간 '고요'는 마치 모든 것을 아는 성인(成人이자 聖人)처럼, 무대에서 일어나 걸어가기 시작하는 겁니다. 그 순간 '울퉁'은 즉흥적으로 "저 바위를 보세요. 저렇게 잘 걸어가잖아요. 우리도 일어납시다."라고 말하고, 다른 바위들도 즉흥적으로 모두 일어나 "박수 소리가 들리는 해변을 향해 환대하는 바다 생물들을 향해" 걸으며 연극은 막을 내립니다. 바다를 향해 걸어가는 바위의 모습은, 저녁에 있을 연습을 위해 구청 쪽으로 묵묵히 발길을 돌리는 한성의 모습에 겹쳐지는 것이기도 할텐데요. 어쩌면 인생이라는 바다를 바라보는 방법 중의 하나는, 어린 시절 동화를 읽듯이 꿈과 희망을 갖는 것인지도 모르겠습니다.(2025)

## 소개 작품

1. **60년을 써도 끝낼 수 없는 이야기**
   전상국, 「굿」(『굿』, 문학과지성사, 2023)

2. **갇힌 사슴벌레의 슬픈 이야기**
   권여선, 「사슴벌레식 문답」(『각각의 계절』, 문학동네, 2023)

3. **'요카타'라는 아이러니**
   정선임, 「요카타」(『에픽』, 2022년 1·2·3월)

4. **학폭에 맞서는 애도의 방식**
   안보윤, 「애도의 방식」(『문학동네』, 2022년 겨울호)

5. **곰팡이와 사이좋게 지내며, 다시 시작하기**
   이은정, 「다시는 싸우지 않겠다는 말」(『비대칭 인간』, 득수, 2023)

6. **내가 한숨을 쉬면 그건 사랑한다는 뜻이야!**
   최진영, 「홈 스위트 홈」(『2023 이상문학상 작품집』, 문학사상, 2023)

7. **루카치와 함께 한국 소설 읽기**
   주원규, 「카스트 에이지」(『귀하의 노고에 감사드립니다』, 문학동네, 2023)

8. **프라하에서 그레고르 잠자를 생각하는 밤**
   구병모, 「있을 법한 모든 것」(『굿닛』, 1호, 2022년 12월)

9. **프로이트의 소파에 누워 떠올린 미래의 가족**
   김강, 「우리 아빠」(『끌어안는 소설』, 창비, 2023)

10. **생사의 시차에서 발생하는 아찔한 현기증**
    서유미, 「토요일 아침의 로건」(『문장웹진』, 2023년 2월)

도서출판 득수 비평에세이

# 요즘 소설이 궁금한 그대에게

1판 1쇄  2025년 2월 20일

지은이      **이경재**
펴낸이      **김 강**
편집        **김다현, 최미경**
디자인      **토탈인쇄** 054.246.3056
인쇄·제책    **아이앤피**
펴낸 곳     **도서출판 득수**
출판등록    2022년 4월 8일 제2022-000005호
주소        경북 포항시 북구 장량로 174번길 6-15 1층
전자우편    2022dsbook@naver.com
ISBN       979-11-990236-2-8

**값 17,000원**

—